Sonya
ソーニャ文庫

人嫌い王子が溺愛するのは私だけみたいです？

春日部こみと

JN132263

イースト・プレス

contents

プロローグ　星

　どぷん、と大きな水音を立てて足から飛び込むと、湖水の冷たさにエノーラは息を呑んだ。

　晩夏とはいえ、この湖は湧水だから年中氷のように冷たい。

　身が縮んでしまうのではないかという冷たさにじっと堪えていると、徐々に身体が慣れ始める。湖水と自身の肌の温度の境目がなくなったのを感知してから、四肢を広げて身体の力を抜いた。すると全身が水にグゥッと押し上げられ、漂流してきた丸太のように水面にぷかりと浮かぶ。

（ああ……気持ちがいい）

　水が冷たいと分かっていて湖に入ったのは、湖と——自然と一体になるようなこの感覚を気に入っているからだ。

　自然に溶け込めたかのような錯覚は、自分が孤独ではないと、嘘でも思わせてくれる。

　瞼《まぶた》を開くと、森の木々に切り取られたような夜空が見えた。

夜は人の目から色を奪うから、森の景色のほとんどが闇と化す中で、星々だけは白く光り輝いていた。

紺碧《こんぺき》の空には、無数の星が集まってできた白い道がくっきりと表れ、その周囲にも大小の星々がキラキラと瞬いている。青白かったり、黄色かったり、赤く暗く光るものもあって、エノーラは目を細めた。

どの星も、胸が痛くなるほどきれいだ。

「……人は死んだら、星になる……」

子どもの頃に、祖母が教えてくれた話だ。

エノーラは両親を知らない。物心ついた頃にはこの森で祖母と二人きりだった。

祖母から聞いた話では、母はエノーラを産んだ際に産褥熱《さんじょく》で亡くなったらしい。

『……まったく、あたしの言うことを一つも聞きゃしないから、バチが当たったんだよ。おまけにお前みたいな面倒ごとを遺していって……本当に碌《ろく》でもない娘だった』

母のことを訊くと、祖母は決まって忌々しげにそう言っていた。

母娘の仲はあまり良くなかったのだろう。母のことを話す時、祖母はいつも怖い表情をしていた。

だがそれでも訊けば教えてくれるだけ、母に関することはマシだった。

問題は父のことだ。祖母は相当に父を嫌い抜いていたらしく、エノーラが父のことを訊いた日には烈火《れっか》のごとく怒り出して、家の外に放り出された挙句、その日一日中に入れてもらえなかった。もちろん、食事も抜きだった。

祖母は優しい人ではなかった。

優秀な薬師で、昔は王宮の典医を任されていたほどだったという。

だがエノーラが三つの頃には、すでにこの辺境の森にひっそりと住み、たまに尋ねてくる客のために薬を拵《こしら》える程度だった。

典医をやっていたというのは伊達《だて》ではなかったのだろう。祖母の薬は非常によく効くようで、森の外にもその評判は響いていたらしい。だが、偏屈で人間嫌いだった祖母は気が向いた時にしか依頼を受けなかった。

他人と関わることを極端に避けていたのだ。

暮らしが豊かならばそれでも納得できるが、生活は非常に貧しくその日の食べ物にも事欠く有様だったのに、なぜそこまで仕事を制限するのかエノーラには分からなかった。

だがそれを指摘すれば祖母の勘気《かんき》を被るのは目に見えていたので、エノーラは自分にできること——すなわち食料を確保することに専念したものだ。

幸いにして住んでいるこの森には食料となる動物も植物も豊富にある。うさぎ一羽で二日は過ごせるし、鹿を仕留めることができれば一週間は余裕でもつし、備蓄用の燻製《くんせい》肉もたくさんできる。おまけにそういった動物の内臓や骨は薬の材料にもなるので、獲ってくれば祖母が褒めてくれた。

褒められることがあまりないエノーラは嬉しくて狩りばかりするようになり、今では狼すら狩ることのできる猛者《もさ》となった。

初めて狩った雄狼の尻尾は、紐をつけ腰飾りにして祖母に贈った。

いつもしかめ面ばかりの祖母が、あの時ばかりは珍しく微笑んで喜んでくれたのを覚えている。

『良い狩人《かりゅうど》になったじゃないか、エノーラ』

嗄《しゃが》れた声で褒められて、嬉しくて堪らなかったのが、昨日のことのようだ。

（……もう、褒めてくれる人もいなくなってしまったけれど……）

祖母との数少ない楽しい思い出を愛おしみながら、エノーラは哀しく思う。

二日前、祖母が亡くなった。

いつものようにエノーラの方が先に目覚めて朝食の支度をしていたが、一向に起きてくる気配がなかった。仕方なく呼びに行くと、寝床で冷たくなっていたのだ。

祖母が何歳だったのか、エノーラは知らない。だが、おそらく七十歳には達していなかったのではないだろうか。老年とはいえ、まだ死ぬには早い年齢だったろう彼女がこんなにも早く亡くなったのは、きっと胸にあった傷跡が原因だ。

祖母の右胸の辺りには刺し傷の痕があった。相当昔のものでほぼ瘢痕《はんこん》化していたが、刺された当時は半死半生の状態に陥ったのだろうなと想像がついた。正直どうやって死を逃れたのか分からないが、ともかく祖母は生き残ったけれど、肺に大きな障害が残った。そのせいで彼女は普通の人間よりも多く心臓を動かさなくてはならず、脈拍数はいつもエノーラの倍を超えていた。

動物が一生の内で拍動できる心臓の回数は決まっている。祖母が早くに亡くなったのは、きっと心臓を動かしすぎたせいなのだろう。

エノーラは祖母の遺体を、森の奥の見晴らしの良い場所に埋めた。住居にしている小屋からは少し遠い場所にあるため、身体の弱い祖母がそこに行ったことは数回だったが、その見晴らしの良さを喜んでいたのを覚えていたからだ。

森の土は硬く、人を埋めるられるほど大きく深い穴を掘るのは大変だった。十分に深く埋めなくては、野生の動物たちによって掘り起こされてしまうのは目に見えている。

エノーラは俊敏に動くことに関しては自信があるが、力はあまりない。なので満足のいく大きさの墓穴を掘るために二日かかってしまったが、なんとか祖母を埋葬することができた。

その後、泥だらけになってしまった身体を洗うためにこの湖にやってきたというわけだ。

こうして水面に浮かんでいると、この世界にたった一人取り残されてしまったような気持ちに襲われた。

だが実際にはそんなことはなくて、この世界には自分以外の人間がたくさんいるのも、エノーラは知っている。

（——でも、私はこの森を出てはいけないから）

脳裏に響くのは、祖母の厳しい声だ。

『髪を染めること。森を出ないこと。約束を破るんじゃないよ。いいね、エノーラ』

それは物心がついた頃から、祖母に厳しく言いつけられてきた約束だった。

エノーラはこの森を出てはいけない。エノーラの白に近い薄い金色の髪は、『悪い物の証』だからだ。

『お前の髪を見れば、外の人間は皆怯えて、お前を攻撃しようとするだろう。だからお前は森の外に出てはいけない。その忌々しい色の髪を染めて、この森の奥に隠れているんだよ』

好奇心旺盛なエノーラが森の外へ行きたがるたび、祖母は怒りのこもった口調でそう繰り返し、染め粉で髪を黒くさせた。木の根から作った染め粉はとてもよく染まり、エノーラの髪を真っ黒にしてくれるが、とても臭いので大嫌いだった。

それでも祖母に打《ぶ》たれるよりは臭い方がマシだったから、エノーラは我慢して毎日髪を染めていた。

「髪を染めること。森を出ないこと」

本当は、したくない、大嫌いな約束だ。

祖母にさせられた大嫌いな約束を言葉にして繰り返し、エノーラは星を見つめ続ける。

「森を……出ないこと……」

呟きながら、哀しさと苦しさが胸に込み上げた。

それは、いつまで守り続けなくてはならない約束なのだろう。

言いつけた祖母が亡くなって星になっても、ずっと守っていかなくてはならないのだろうか。

「……私は、人に会いたいです、おばあさん。それは、いけないことなのでしょうか」

誰でもいい。自分以外の誰かと、会って、話して、一緒に生きてみたかった。

幼い頃に母を喪《うしな》い、先日、祖母も喪った。死は、平等に訪れるものだ。だから怖いとは思わない。

でもたった一人この森に遺されて、エノーラはどうしようもない孤独を覚えていた。

「……髪を染めること。森を、出ないこと……」

もう一度口にした苦しい約束は、澄んだ星空の中に消えていった。

第一章　邂逅

エルネスト・ウィリアム・フレデリックは、目の前に座る兄王のニコニコとした笑顔を見つめながら、やれやれとため息をついた。

「……兄上、必要ないですから」

兄であるジョージが両手で抱えるようにして持っているのは、大きな絵——貴婦人の描かれた肖像画だ。テーブルの上に山のように積み上げられた肖像画の内から抜き取った一枚である。

「そう言わず、まず顔くらい見てみたらどうだ？　この令嬢は、瞳がとてもきれいな青色でな。父親であるウェント伯爵譲りだそうだ」

弟の断りをものともせず、ぐいぐいと肖像画を押し付けてくるのは、ジョージ・アーネスト・ガブリエル——通称『笑顔のジョージ王《スマイリングジョージ》』と呼ばれる、この国の国王陛下である。

その二つ名が表す通り、兄王はとても穏和で優しい人柄だ。

近隣諸国の間で勃発した戦争に巻き込まれながらも、戦禍《せんか》の被害を最小限にくい止め、さらには他国を説得し戦争を終結に導いた立役者である。犠牲となった弱き者たちに心を痛め、戦争というものを厭《いと》う心優しい人だからこそできた偉業だ。

エルネストはこの異母兄の優しさと高邁《こうまい》さをとても尊敬していた。この兄にならば、何者にも縛られたくないという自分の信念を曲げてもいいと思っている。

（……だが、これはいただけない……）

柔和な笑顔を浮かべながらも、有無を言わせぬ押しの強さで肖像画を押し付けてこようとする兄の顔をじっと見つめて、エルネストはもう一度キッパリと言った。

「兄上。必要ないと言っています」

エルネストの断固とした拒絶に、ジョージは一瞬目を丸くした後、しょんぼりと肩を落とす。

「……そうか。お前にも、そろそろ身を固めて幸せになってもらいたかったのだが……」

その悲しそうな様子に、感じなくていいはずの罪悪感がジワリと胸に込み上げてきたが、エルネストはグッとそれを抑え込んだ。

（いかん。これは兄上のいつもの手だ。引っかかってはいけない……）

この兄は弟が自分に弱いことを知っていて、こちらの罪悪感をわざと煽《あお》るような態度を取ってくるのだ。優しそうに見えてなかなかにずる賢いのである。

（……まあ、そうでなければ一国の王など務まらないのだろうが……）

とはいえ、今はその手練手管《てれんてくだ》に絡め取られていてはいけない。

なにしろ、兄は今、弟を結婚させようと躍起《やっき》になっているからだ。

つまりテーブルの上に山積みにされている肖像画は、エルネストのお見合い相手というわけである。

(まったく、どこからこんなに集めてきたのか……)

ため息をつきたくなりながら、エルネストはさらにもう一度キッパリとした口調で宣言した。

「兄上、俺は結婚するつもりはありません」

ズバッとした拒絶に、しかしジョージはへらりとした微笑みを浮かべる。

「最初はみんなそう言うものだよ」

「最初もへったくれもありません」

「大丈夫、大丈夫だよ、エル。怖くない、怖くない」

「やめろ、ちょ、おい、兄上！　やめろ、ジョージ！」

肖像画で脇腹をツンツンするな。

子どものようなちょっかいをかけてくる兄に、エルネストはつい敬語を忘れて地の口調が出てしまう。

「結婚はいいぞ～！　愛する妻に可愛い子どもたち！　人生の愛と癒やしと潤いの集約

だ！」

「俺は自分が結婚したい時に、自分が結婚したい相手とします。今ではないし、その相手はその肖像画の山の中にはいません」

「もう〜、お見合いはイヤってこと？　運命の女性を待ちたいだなんて、エルはロマンチッカーなんだから〜」

「気が抜けるようなことを言うのはやめろ、お前一応国王だろう！　もう少し威厳を保て！」

ロマンチッカーってなんだ。変な造語を作るな。国王でも許さんぞ。

兄の持っていた肖像画を奪い取ってソファに放り投げ、エルネストはジロリと兄を睨《にら》みつけた。

「話がこれだけなら、俺は帰りますよ」

「ええ〜！　夕食を一緒にと思ってたのに……！」

「どうせ晩餐時にどこぞの令嬢が来る手筈なんでしょう」

半眼で指摘すると、兄は「えへへ」と曖昧に笑って否定しない。予想通りの展開に、エルネストは深々とため息をついた。

「兄上、暇なんですか？」

「暇なわけないだろう。国王陛下だぞ」

自分で自分を「陛下」呼ばわりする兄に胡乱《うろん》な眼差しを向けてしまったが、兄がこういうおちゃらけた態度を取るのは、気を許した身内にだけだと分かっている。

「だったら弟の結婚の世話なんぞしてないで、仕事をしてくださいよ」

呆れて言ったセリフに、兄王はフフッと気の抜けたような笑みを零した。

「弟の心配ができるのは、兄の特権だ」

どことなく誇らしげな顔に、エルネストはわずかに目を見張る。

その表情には見覚えがあった。

昔――もう二十年ほど前に、エルネストが初めてこの王宮に上がった時のことだ。

エルネストは前王の庶子《しょし》だ。

前王がお忍びで城下町を訪れた際に立ち寄った人気の劇場の歌姫と作った子どもがエルネストである。

この国は一夫一婦制を取っており、妻でない女性との間にできた子どもは「人ならざる者」とされ、生まれながらにして蔑《さげす》まれる存在となる。たとえそれが国王の子であっても、然りだ。

それでもまだ幼少期はマシだった。エルネストは子どもの頃、王都から遠く離れた港町で、母と二人で暮らしていた。父親は死んだと聞かされていたし、未亡人とその遺児に町の人々は比較的親切で、貧しいながらも穏やかで幸せな生活を送ることができていた。

その平和な生活が一変したのは、母が亡くなってからだ。

ある時期から母の声が掠れ始めた。美しい声が自慢だった母は少し寂しそうではあったが、生活には困らないからと医者にもかからなかった。医者に診てもらえるほど余裕のある暮らしではなかったためだ。

だがそれから一月《ひとつき》もしない内に、母の喉が腫《は》れ上がり始めた。その腫脹《しゅちょう》は治るどころか、みるみる大きくなっていき、隣人から金を借りて医者に診せた時にはすでに手遅れの状況だった。

『それは体内でどんどん大きくなっていく悪い痼《しこり》だ。ここまで大きくなっては手の施しようがない』

医者にそう言われた数週間後に、母は亡くなった。エルネストが六歳の時だ。

小さな港町の住人は皆、親切ではあったが貧しかった。他所《よそ》の子どもを引き取って養える余裕などない。天涯孤独となったエルネストは路頭に迷うはずだったが、そうはならなかった。母が死んだ数日後に父親の使いだと言う兵士たちがやって来て、王宮へと連行されたからだ。

連れていかれた王宮で、怯えるエルネストは美しい家族の前に立たされた。

それが父王とその妻、そして異母兄だった。

豪華な衣装を身につけ、整えられた髪や肌をしたその一家は、エルネストを驚いたように眺めていた。まるで珍しい動物でも見るような目だった。

生まれて初めて会った父は、にこりともせずエルネストを一瞥《いちべつ》すると、隣に立つ女性と少年を指差して言った。

『私がお前の父だ。こちらは、今日からお前の母と兄となる。挨拶をしなさい』

急にそんなことを言われてもまったく理解が追いつかなかったが、無力な子どもでしかなかったエルネストに何ができただろう。父だというその男の言う通りに名乗り、ペコリと頭を下げてやると、父の妻はスッと視線を逸らした。

歓迎されていないのは一目瞭然だった。

それはそうだろう。夫の不貞の証拠である子どもを、良い気分で眺められるわけがない。

無関心そうな父と、あからさまに迷惑そうな継母。

(関心がないなら……、迷惑だと言うなら、放っておいてくれたら良かったのに)

強制的に連れてこられた結果がこれか、と情けなさと虚しさに泣きそうになった。

だが、そんなエルネストを救い上げてくれた人がいた。

それが異母兄のジョージだった。

『はじめまして！　僕はジョージ。君のお兄さんだ。よろしくね！』

その明るい声に、潰れそうだったエルネストの心が息を吹き返した。自分を迷惑がっていない声色に顔を上げると、そこには屈託のない笑顔があった。

『エルネスト……エルって呼んでいいかい？　嬉しいな。僕、ずっと弟が欲しかったんだ！』

ジョージはそう言うと、エルネストの手を掴んで、その場から連れ出してくれた。

『父上、僕、エルに城の中を案内してきます！　見せたいものがいっぱいあるんだ！』

そう言うや否や、父の返事を待たずにエルネストの手を引いて駆け出した。

天真爛漫《てんしんらんまん》な兄の突飛な行動はいつものことのようで、父王も母妃もため息をついたものの咎め立てたりはしなかった。

『ごめんね。父上も母上も、まだ戸惑っているんだと思う。……あの人たちも、君の存在を知ったのは、つい最近なんだよ』

誰もいない場所まで来ると、ジョージはエルネストに謝った。

本来ならば父親が言うべき謝罪の言葉が、まだ少年である兄の口から出たことに驚いた。だがエルネストが一番不思議だったのは、兄が戸惑っていないことだった。腹違いの弟がいたことに腹を立てたり困惑したりするのが普通の反応なのではないだろうか。

『……あなたは？　あなたは、僕のことを疎ましく思わないのですか？』

エルネストの質問に、ジョージは目を丸くした後、くしゃくしゃの顔で笑った。

『疎ましいなんて思うもんか！　言っただろう？　僕はずっと弟が欲しかったんだって！　僕らは兄弟だ。この先、僕は絶対に君を守るよ。だって兄は弟を守るものだからね！』

誇らしげなその表情を、エルネストは生涯忘れることはないだろう。

母を喪い、この世界にたった一人取り残されてしまった空虚感を埋めてくれたのは、この兄の笑顔だったのだ。

ジョージはその言葉通り、エルネストを守ってくれた。

王妃の養子となり第二王子としての地位を与えられた後も、婚外子を蔑視するこの国ではエルネストを快く思わない者が大半だった。王宮での生活でも、貴族たちからの差別はもちろん、使用人にまで嫌がらせをされたり、陰口を叩かれることもしょっちゅうだったが、いつも庇ってくれたのは兄だった。

この人の傍にいよう、とエルネストは思った。でなければ、生きていくことができなかった。兄はエルネストがこの世界で生き延びるための手段だった。

そしてそれ以上に、エルネストの心の拠り所だった。

兄は王太子だ。兄の傍にいるためには、エルネストにも力が必要だった。

幸いにしてエルネストには武術の才があり、兄王のために戦うことができた。

この国は広大な大陸の真ん中にあり、周辺諸国との戦争はしょっちゅう起きる。

『エル、お前の力が必要だ』

兄がそう言ったから、面倒だったが近衛軍の将軍となった。

そうして二十を超える戦へと赴《おもむ》き、それら全てに勝ってきた。

だが勝てば勝つほど、厄介な事態に陥《おちい》るようになった。

エルネストは強かった。どんな苦戦を強いられようと、勝ち続けた。その結果、他国からは『常勝の悪魔』という不名誉な二つ名を付けられ、自国では英雄扱いされるようになった。

英雄――すなわち人気者だ。

図らずも国民の期待と希望を担う存在となってしまい、「次期王には英雄エルネストが相応しい」ということを囁く者まで現れるようになった。

兄のためにしてきたことが、兄の地位を脅かしてしまうなんて。

（――ああ、冗談じゃない。面倒臭い。もうやめだ）

そもそもエルネストは政治に興味などない。子どもの頃に王宮の魑魅魍魎《ちみもうりょう》どもに数々の嫌がらせを受けたことから、基本的に人間が嫌いで、どうでもいいと思っている。例外は兄だけである。

そんな人間が政《まつりごと》に向いているわけがない。

できれば山奥で誰にも会わず、一人静かに暮らしていたい。それなのに将軍などやっていたのは、ひとえに兄のためである。その兄を脅かすような存在になってしまうなど、本末転倒も甚《はなは》だしい。

だが「はい、一抜けた」で終われないのも、政治の世界である。

（ならば抜けざるを得ない状況をつくればいい）

エルネストは戦が終結する頃合いを見て、わざと落馬して脚を折った。肉から骨がはみ出すほどの大怪我だった。出血も大いにしたし、いっときは命も危うかった。持ち前の生命力で生き延びたけれど、傷ついた脚は元のようには動かない。戦場で戦うのはもう無理だと医者に宣告され、『常勝の悪魔』こと英雄エルネストは引退を余儀なくされたのである。

めでたしめでたし。

（……脚を折ったのは、少々やり過ぎだったが……）

わざと折ったせいか複雑な折れ方をしてしまいめちゃくちゃ痛かったし、当然重体となり一週間生死の境を彷徨《さまよ》った。高熱で意識が朦朧《もうろう》とする中、自分の死をハッキリと意識したが、これで死ぬのならばそれも悪くないとも思った。

エルネストは基本的に全てが面倒臭いと思うような、無気力な人間である。何事にも興味はないし、どうでもいい。これまで生きてきたのは、兄が自分を必要だと言ってくれたからだ。

その兄を脅かすような存在になるくらいなら、死んでしまうのも悪くはない。

結局、生き延びてしまったけれど。

（まあ、俺の見立て通り、当時勃発していた戦争は終結したし、英雄の必要性もなくなっ

ていた。まさに頃合いだったのだ）

将軍職を辞したエルネストは、兄王に褒賞として王都の端にある小さな離宮をもらい、隠居生活を始めた。それが一年前のことである。

ようやく念願叶って静かな生活を楽しんでいたと言うのに、何を思ったか、今度は兄が弟に妻を斡旋《あっせん》しようと躍起になっているというわけである。

（まったく……面倒ごとというものは、この世からなくならないのか？）

うんざりしながら、エルネストはため息をついて兄を見る。

「ともかく、社交界の老婦人じゃあるまいし、仲人《なこうど》の真似事はおやめください。これ以上うるさいことを言うなら、いっそ何もかも捨てて出奔《しゅっぽん》しますよ」

国を出るぞ、と脅してやると、兄は顔色を変えてブンブンと首を横に振った。

「わ、分かった！　分かりました！　もう二度とお節介な真似はしない！」

「お分かりいただければよろしいのです」

フン、と鼻を鳴らせば、兄は「ちぇ」と口を尖らせる。

「残念だが、令嬢との晩餐はキャサリンに任せることにしよう」

キャサリンとは兄の妃のことだ。

政略結婚で他国から嫁いだ姫だったが、夫婦仲はすこぶる良く、去年二人目の王子が生まれたばかりだ。

「……エル。もし好いた女性が現れたなら、どうか教えてくれ。私にできることならなんだってしよう」

まだ言うのか、と少々呆れつつジト目を向けると、兄は困ったように微笑んでいた。

「お前には、幸せになってもらいたいのだ」

静かな一言に、兄の想いがこもっているのが分かって、エルネストは目元を緩めた。

兄は優しい。優しくて、愚かだ。

(……目の前にいるこの男は、あなたを利用しているに過ぎないのに)

エルネストが兄を大切にするのは、兄が自分の存在意義を作ってくれた唯一の人だったからだ。

本来家族ではない者を「弟」だと言って手を差し伸べてくれた。

この国では異端者でしかない者を「必要」だと言ってくれた。

兄がいなければ、エルネストは人間ですらなかった。だから自分が人間であるために、兄の傍にいただけなのだ。

「……俺は幸せですよ」

そう答えたが、この言葉も相槌《あいづち》のようなものだ。

エルネストには幸せがなんであるのか、二十六年生きていても分からない。

きっと他者を大切に思うことができない人間には、分からないものなのかもしれない。

誰かに必要とされたいとは、今はもう思わない。

だから独りで生きていくことが、自分の性に合っているということなのだろう。

それが幸せなのかどうかは、正直なところよく分からないが。

「だから心配はご無用です」

エルネストの微笑みに、兄は困ったものを見るような眼差しになったが、それ以上は何も言わなかった。代わりに、エルネストの脚を指して訊ねた。

「脚の具合はどうだ？」

「まあ、日常生活に差し障りはありませんよ。戦場で敵を薙《な》ぎ倒すには、踏ん張りが利かないでしょうがね」

肩を竦めて笑うと、兄の背後に控えていた侍従たちが震え上がるのが分かった。

まだ年若い貴族の子息たちにとって、『常勝の悪魔』は恐ろしい存在なのだろう。

「そうか。お前は勇敢な将軍だったのに、もう活躍が見られないなんて残念だ」

「何をおっしゃる。俺のような者は不要である方がいい決まっているではないですか。戦争が終結してこうして平和になった世が、できるだけ長く続くことを祈っていますよ」

兄は未だにエルネストの引退を惜しいと思っているらしい。

兄は力なく笑った。

「そうか……そうだなぁ。だがその脚は、ちゃんと治した方がいいだろう」

「そうはおっしゃいますが、この国一の名医である典医長に診せてもお手上げだったのだから、俺はもう諦めています。多少引きずる程度ですからどうぞお気になさらず」

いい加減帰りたいエルネストは、等閑《なおざり》に返事をしたが、兄は顔を輝かせてポンと手を打つ。

「そうだ。北の森に住むと言う『森の魔女』を探してみてはどうだ？」

「森の魔女？　あの伝承のようなやつですか？　存在するかどうかも怪しい話じゃないですか……」

思わず胡乱な眼差しになってしまった。

この兄は国王のくせに、わりと適当な思いつきの言動をする癖があるのだ。

確かにエルネストも『森の魔女』の噂は聞いたことがある。

王都の外れの深い森に暮らす老婆で、腕の良い薬師なのだが人嫌いで、気が向いた時にしか依頼を受けてくれないそうだ。

だがその老婆が作った薬は一級品で、どんな病でもたちまち治してしまうのだとか、なんとか。

(眉唾《まゆつば》ものだ。そもそもそんな老婆が存在するかどうかも怪しい)

エルネストは歯牙《しが》にもかけなかったが、兄はワクワクとした顔になっている。

「そうは言うが、実際に森の魔女に病を治してもらったという人物もいるらしいぞ。話のネタにでも、一度行ってみるのもいいのではないか？」

　本当にネタにしかならなそうだ、と思いながらも、嬉しそうな兄に水を差すのも悪い気がして、エルネストは曖昧に頷いた。

「……まあ、暇があればいつか」

　と、その時、部屋のドアの前で待機していた小姓が駆け寄ってきて、兄王に何か耳打ちをした。するると兄は一瞬眉根を寄せた後、チラリとこちらへ視線を寄越す。

　その目配せに、誰か歓迎しない人物が訪問してきたことを察し、エルネストは軽く首肯した。兄の表情からして、訪問者は自分との相性が良くない人物だろう。

（……誰だ？　フォード公か、オーブリー伯か……）

　貴族には婚外子であるエルネストを毛嫌いしている者が少なくない。中でもその二人はあからさまな血統主義者で有名である。

（やれやれ、早く帰ろう）

　エルネストは不精者で他人に興味はなく、温厚とも程遠い人間なので、売られた喧嘩は普通に買う。

　とはいえ、好き好んで喧嘩をしたいわけではないので、面倒なことになる前に退散した方が良さそうである。

「では兄上……」

暇《いとま》を告げようとしたエルネストの声に、太い声が重なった。

「国王陛下にご挨拶申し上げます」

扉を開いて颯爽《さっそう》と現れた男の姿を目にして、エルネストは思い切り渋面を作る。

艶のある白のタフタに、金糸で複雑な幾何学模様が刺繍された豪奢な衣装は、聖職者の祭服である。その中でも白と金というこの配色は、神とその威信が表現されており、この国の国教である聖クルス教の長《おさ》しか身につけられない最高位の祭服だ。

これを着用できるのは、この国でただ一人——教皇アレクサンドル三世だけである。

そしてエルネストがこの世で最も嫌いな人物の一人でもあった。

(この狸《たぬき》ジジイ、辛気臭い神殿に籠もっていればいいものを、ノコノコと王宮まで出入りしやがって……)

心の中で盛大に悪態をつくエルネストの性格は、腹黒というよりは直情型である。

よって今も唐突に現れたアレクサンドルを前に、不快感を露わにした非常に不愉快そうな表情を浮かべている。

そんなエルネストに、兄は「メッ!」とでもいうように視線で注意をしつつ、アレクサンドルに人の好い笑顔を向けた。

「これはこれは、猊下《げいか》。今日はお約束がありましたかな?」

どうやら兄にとっても突然の訪問だったらしい。

やんわりとしたイヤミに、けれどアレクサンドルは悪びれる様子もなく、実に良い表情で「はっはっは」と軽妙な笑い声を上げた。肩に流した白髪が、笑うたびに揺れている。確か六十歳を超えたぐらいだっただろうか。もう禿《は》げたりしていてもいい年齢だというのに、この男の髪はやたらにふささと豊かなのがまた忌々しい。

悪人ほど長生きするという話は間違いではなさそうだ。

「陛下にお会いいたしたく、お約束もないのにやってきてしまいました！　お邪魔でしたかな？」

そう言われると、「邪魔だ。帰れ」とは言い出しにくくなるというものだ。

（……特に諍《いさか》いを嫌う兄上なら、事を荒立てるような真似をするわけがない）

この腹黒狸ジジイはそれを分かってやっているのだ。

実に腹立たしい。

ムカムカとする気持ちを、兄王のために口をへの字にして抑えていたエルネストに、アレクサンドルが声をかけてくる。

「おや、そこにいるのは我が国の英雄、エルネスト殿下ではありませんか！　これは珍しい！」

さも今気づきました、と言わんばかりの大袈裟《おおげさ》なセリフに、エルネストは押し黙ったまま発言の主を睨みつけた。

その睥睨《へいげい》だけで敵軍を凍りつかせたと語られる『常勝の悪魔』の鋭い眼差しに、周囲がヒュッと息を呑み、空気が凍りつく。

すると兄王が困ったように「エルネスト」とやんわりと声をかけた。

この国は、国家と宗教は互いに不可侵で対等な存在だ。国の長である王と、宗教の長である教皇は、同じ位にあって上下はない。

つまり国王より下の立場であるエルネストは、教皇よりも下の立場であるということだ。儀礼的にでもいいから頭を下げろと、兄は言っているわけである。

エルネストにしてみれば、兄以外の人間などどうでも良い。教皇だろうが大司教であろうが知ったことか、と言いたいところだが、むやみやたらに噛みついていては面倒ごとが増える一方だ。

（……兄上の面子《めんつ》もあるだろうからな……）

渋々頭を下げ、「猊下」と短く挨拶をしてやると、今度はアレクサンドルがフンと鼻を鳴らした。

「まあよろしいでしょう。神に許されざる憐れな子羊です。多少の非礼に目くじらは立てないでおきましょう」

これみよがしな当て擦りに、エルネストのこめかみに青筋が浮いた。

言うまでもなく、エルネストが婚外子であることを揶揄《からか》ったイヤミである。

王弟を『神に許されざる憐れな子羊』呼ばわりされて、さすがの兄も頬を引き攣らせてアレクサンドルを見た。

「猊下、それは――」

兄が怒りを込めて口を開くのを見て、エルネストは大きな笑い声を上げる。

「ははは！　神に許されない子羊だと？　それはあんたのことだろうが！」

「……なんですと？　聞き捨てなりませんな。私が神に許されざることをしたとでも？」

ぴくり、と太い眉毛を揺らして、アレクサンドルがこちらを睨みつけてきた。

エルネストはクッとバカにするように口の端を吊り上げる。

「その三重冠はたいそう重たいだろうなァ」

三重冠とは、教皇冠のことである。冠を三重に重ねた形状をしているのでこう呼ばれている。アレクサンドルは自分の頭上にある教皇冠に片手で触れながら、ジロリとエルネストを見た。

「教皇冠がなんだというのです」

「あんたのその頭に乗ってる三重冠は、金で買ったともっぱらの評判だ。金で地位を買うような人間を、果たして神がお許しくださるのかな？　教皇選挙《コンクラーベ》ではどれだけ金を積んだんだ？　そのせいで実家が傾きかけて、大方今日も兄上に寄附を強請《ねだ》りに来たんだろう？

残念だが我が国も戦後の後始末で余裕がない。神様に回す金はないから、恥をかく前に回れ右して帰った方がいいぞ」

繰り返すが、エルネストは腹黒というよりは直情型だ。喧嘩をする時はまず殴る、が定石の無法者である。遠慮会釈の欠片もない正拳突きに、周囲にいる者たちの顔色が一様に真っ青になった。

史上初の平民出身の教皇であるアレクサンドルの実家は大商家で、その富は国王も凌《しの》ぐと言われていた。彼がその潤沢な資金を使って贈収賄《ぞうしゅうわい》を繰り返し、三年前の教皇選挙に勝利したことは、知らぬ者がいないほど有名な話だ。

とはいえ、本人の前で堂々と口に出したのは、おそらくエルネストが初めてだろう。

兄王は額に手をやって天を仰いでいるし、周囲は青い顔のまま絶句して固まっている。

教皇は怒りのあまりブルブルと身を震わせ始めた。

「き、貴様ぁあああ！」

発狂寸前の教皇の叫び声が王宮に響き渡るのを聞きながら、エルネストは「やっぱり面倒なことになってしまった」と他人事のようにうんざりしたのだった。

＊＊＊

（あの狸ジジイめ。本当に油断ならない……）

王宮からの帰り道、馬車の中でエルネストはため息をついた。

あの後、憤慨するアレクサンドルを兄王が宥《なだ》め、後日面会の予定を取ると約束して彼を帰すことで場を収めた。教皇がいなくなってから、エルネストがしこたま叱られたのは言うまでもない。

『頼むから、わざとアレクサンドルの敵意を自分に向けようとするのはやめてくれ。確かに我が王家の威信のためにも、教会の意のままにされるわけにはいかない。教会側と反目《はんもく》する可能性があっても、拒むべきことは拒まねばならないだろう。だがその重責をお前が一身に背負う必要はないのだ』

兄は叱りながら、半分謝っていた。

アレクサンドルは力のある教皇だ。歴代の貴族出身の教皇とは違い、平民出身であるがゆえに民衆から支持されている上、実家の経済力を使って貴族たちを取り込み始めている。これまで王家と教会は不可侵という立場を取ってきたが、アレクサンドルはそれに揺さぶりをかけてきているのだ。

これまでも何度も無理難題を押し付けてくるものだから、兄に代わってエルネストがそれらに異議を申し立ててきた。

争いごとを好まず、押しに弱い兄王では、アレクサンドルの言うがままになってしまうと思ったのもあるが、国王としての立場では、教皇と真っ向から対立するのは具合が悪い。

兄が決断を下す前には、政治的に繊細な舵取りが必要となるだろう。

兄にその余裕を与えるために、エルネストは自分が緩衝《かんしょう》役を買って出ていた。

そのことを、兄はちゃんと理解していたのだ。

(……さすがは兄上だ。見るべきものを捉える目を持っている)

兄のこういうところを、エルネストは心から尊敬している。

胸に温かいものを感じつつ、心配そうな眼差しをする兄に微笑みかけた。

『俺はもう引退した身です。政治的に力があるわけでもない。だからこそ、教会に文句を言うにはちょうど良い立場だ。俺を使えばいいんですよ、兄上』

事実、これだけ酷い態度を取っていても、アレクサンドルはエルネストを処罰しろと兄王に要求してきたことはない。小うるさい蠅《はえ》程度にしか思っていないのだろう。

『それに、あの狸ジジイに腹が立っているのは事実ですからね』

フンと鼻を鳴らして言うと、兄はやれやれと肩を落とした。

『エル……お前には、もう少し婉曲な物の言い方を学んでほしいかな……』

兄はそう言ったが、自分までまだるっこしいことを言い始めたら、あの王宮では物事が永遠に進まなくなりそうだ。

(……やはり俺には、政は向かんな……)

もっぱら戦向きの人間だということだろう。

戦場は瞬時の判断が明暗を分ける場所だ。婉曲な物言いなんぞしていたら、隙を突かれてあっという間に攻め入られてしまう。

視界に入った一瞬の映像、鼻腔に入ってきた空気の匂い、微かに耳朶《じだ》を打つ金属音——五感から受け取る全ての情報で脳が条件反射で指令を出す……そうやって、エルネストは幾度も死地を掻《か》い潜《くぐ》ってきたのだ。

理屈というよりは、本能に近い感覚なのかもしれない。

ぐだぐだと理屈を捏《こ》ねくり回さなければいけない政治とは、まったくもって相反する性質である。

だからできれば政とは関わらずに生きていきたいところだが、あの腹黒教皇を野放しにしてはおけない。

（……あの男は、教会の権力の増大を図っている）

すなわち、王権の弱体化を望んでいるということだ。

自分にできるのは、兄の緩衝材になることくらいだが、できることがあるうちは完全に隠居するわけにもいかないという現状なのだ。

「……ああ、面倒臭い」

首を突っ込みたくないのに、放って置けない。

面倒臭いと思うなら、兄のこともアレクサンドルのことも構わなければいい。分かっているのに、できない。本当に面倒臭いのは、自分自身ということだ。

「まったく、どうしたものか……」

自分のままならない性格にうんざりして車窓を見やれば、城下町の建物の奥に鬱蒼《うっそう》とした緑が見えた。

(――北の森……)

脳裏に浮かんだのは、兄が言っていた噂話だ。

『北の森に住むと言う〝森の魔女〟を探してみてはどうだ？』

眉唾もののそれを真《ま》に受けたわけではない。

だが、今のエルネストには気分転換が必要だった。

ステッキで馬車の天井を叩いて、御者へ向かって声を張り上げる。

「行き先変更だ。離宮に戻る前に、寄るところができた。北の森へ向かってくれ」

たまには自然の中で童心に返るのも悪くないかもしれない。

＊＊＊

枯れ枝を拾い集めていたエノーラは、ふと屈めていた上体を起こして周囲を眺め回した。

(森の匂いが変わった……？)

森の匂いが変わるのには、いくつかパターンがある。

ざっくりと言えば、雨が降った時、風が吹いた時など、自然現象である場合。

そして、普段森に生息していないものが侵入してきた場合だ。

後者の場合、侵入者に驚いた動物たちが蠢《うごめ》き、土の上を走り、木々の葉を揺らすため、土と木の匂いが濃くなるのだ。

(森の中に人が入ってきた……？　おばあさんの薬が欲しいのでしょうか)

この森に人間が来るのは、それ以外に理由がない。

ここには昔から狼の群れが生息しているから、皆怖がって近づかないのだ。

狼のいる森にまでやってくる人間は大抵切羽詰まっていて、藁《わら》にも縋る思いで祖母を訪ねてくる。

(おばあさんが亡くなったことを知れば、きっとがっかりされますね……)

エノーラは祖母の薬作りの手伝いはしていたが、作れるのは簡単な熱冷ましや傷薬程度で、薬師と呼べるほどの技術は習得していない。

薬を作れる人がもういないのだから、その人は無駄足を踏んだことになる。

見知らぬ訪問者を気の毒に思い、エノーラは枯れ枝拾いを中断した。

祖母が亡くなって一週間も経っていないから、森の外に祖母の死はまだ伝わっていないのだろう。

（私が誰かに伝えられたら良かったのでしょうけど……）

エノーラは祖母との約束で、森の外に出てはいけないからそれもままならない。

だが森の中に入ってきた人との接触までは、禁止されていないはずだ。

頭からすっぽりと被っていた上着のフードを下ろして空を見上げると、高い木々の隙間から、橙色に染まりつつある夕暮れが見えた。

（夜になってしまえば、狼たちが狩りを始めてしまいます）

森に慣れていない者など、狼たちの格好の餌食《えじき》だ。

（早く伝えてあげなくては……）

エノーラはフードを被り直すと、急ぎ足で家のある方向へと歩み始めた。

＊＊＊

北の森に足を踏み入れたエルネストは、早々に後悔していた。

まさかこの森がこれほど深いとは思わなかった。

（外れとはいえ、王都にあるというのに……こんなに自然のままの形を残しているなんて）

市街地の傍にある森や山は、程度の違いこそあれ大抵人の手が入っている。人の歩く道が作られ、弱った木を伐採したり、枝を間引きすることで林冠部が密集してしまわないように整備されているのだ。高い木の林冠部が密集すれば、日光を遮ってその下の植物が死んでしまい、結果的に森全体が死んでしまうことがあるからだ。

（だがこの森は……道と呼べるものもなければ、木々の手入れもされていない！）

高木が生い茂りすぎていて、まだ日が落ち切っていないというのにほとんど夜のような暗さである。

なんとか歩けそうな獣道を見つけてそこを歩いているが、暗い上に木の根やぬかるみで滑りやすいので、脚の悪いエルネストは難儀していた。

（こんなところに、人が住んでいるわけがないだろう……）

やはりあれはただの噂話に過ぎなかったのだ。分かってはいたが、酔狂でやって来てしまった自分に呆れてしまう。

「……引き返すか」

道がないことになぜか少々むきになってしまったらしく、わりと奥の方まで歩いて来てしまった。日が落ち切ってしまう前に戻った方が良さそうだ。

（馬車も森の入り口に置いてきてしまったしな）

御者には「すぐ戻るから待っていろ」と言いおいたが、きっと心細い思いをしているだろう。

「……らしくないことをしたもんだ」

面倒臭がりの自分が、気まぐれとはいえこんな森の奥くんだりまでやって来るなんて、普段の自分からは想像できないような話だ。

やれやれ、とため息をついて、エルネストは踵《きびす》を返した。

だが次の瞬間、ギクリと肝が冷える。

（――何か、いる）

恐ろしく尖った気配がした。それは戦場でよく感じたものと同じ――殺気だった。突き刺さるようなそれは、明らかに自分を標的にしているのが分かった。

エルネストの戦士としての本能が臨戦態勢に入る。腰を落とし重心を下げて、咄嗟《とっさ》の動きに対応できるように構えた。

懐に手を入れて帯刀ベルトに入れてある武器を摑む。

今装備しているのは、護身用の短刀《ダガー》だけだ。王宮に出入りする際に、すでに将軍職を辞した身で長剣をぶら下げて歩けば、良からぬ憶測を呼ぶことになる。兄王以外にも、エルネストが将軍職に復職することを望んでいる者は少なくない。政治のゴタゴタに巻き込まれるなんて、とんでもない。できるだけ身軽であるに越したことはないと思っての装備だったが、こんなことならば愛用の長剣を持ってくれれば良かったと後悔する。

（……森の中だ。おそらく人ではなく、野生動物だろう。猪《いのしし》か、狐《きつね》か……）

後者ならなんとかなるが、前者では何の準備もなく戦って勝てる相手ではない。

だがまさかこんな市街地に隣接した森で、野生動物に襲われようとは。

頭の中にいろんな思いが駆け巡るが、今集中すべきは姿の見えない敵である。

（どこだ。どこにいる？）

暗がりの中、目を凝らして周囲を眺め見るも、情けないことに何も捉えられない。

（集中しろ。どこかに必ず潜んでいる。生き物ならば、必ず気配がある。気配を摑め）

走ったわけでもないのに、身体中の血が沸き立っているのが分かった。ドクドクと心臓が早鐘を打ち、五感がキリキリと引き絞られるように張り詰めていくのを、エルネストはどこか脳の裏側で懐かしいと思った。戦場で敵を前にした時と同じ感覚だ。

（——ああ、俺はまだ戦うことを忘れてないのか）

自ら大怪我をしてまで、戦場から身を引いたというのに、エルネストの本能はまだ戦いたがっている。

（……だが、心配なのはこの脚だな……）

怪我の後遺症から、日常生活でも少々の不具合をきたすくらいだ。野生動物の俊敏な動きに対応しきれるだろうか。

（まあ、できなければ死ぬだけだな）

相手が野生動物とはいえ、戦って死ぬのであればそれは自分らしい死に方なのかもしれない。

迫る敵に意識が高揚していく。極限の緊張状態に快感すら覚えて微笑んだ時、冷たく静かな声が耳朶《じだ》を打った。

「動かないでください」

年若い女の声だった。

まったく熱のこもっていない淡々とした声色に、エルネストの興奮が冷水を浴びせられたように一瞬で鎮められる。

(……!?)

緊張が一気に解かれ、エルネストは仰天した。こんなことは初めてだった。どんな窮地に陥っても、敵を前にして集中力が途切れたことなどなかったのに。

その不思議な感覚に息を呑みながら、エルネストは低い声を絞り出した。

「――誰だ」

短い誰何《すいか》の言葉に、しかし女の声は動じた様子もなく、先ほどと同じ静かな調子でエルネストに返す。

「静かに。そのまま後ろに三歩下がってください。狼に背を向けないで」

「――狼？　この森には狼がいるのか？」

「ええ。昔から一つの群れが住み着いていて、彼らがこの森の主です」

思わず呟いてしまっただけのエルネストの問いに、声の主は答えてくれた。

（なんて律儀なんだ……いやそれよりも、なぜこんな森の中に女性が？）

自分よりもか弱い存在を守らなくては、と理性に訴えるが、本能は「彼女に従え」と言っていた。この女性の声は静かなだけでなく、不思議な威厳に満ちている。

命のやり取りをする戦場では、こういう声を出す者が支配者となることを、エルネストは経験上知っていた。今この場で格が上なのは、初めての森と狼に少なからず狼狽《ろうばい》している自分ではなく、この声の主だ。

そう判断したエルネストは、黙ったまま頷いて指示に従って一歩後ろに下がった。

するとエルネストの後退に反応したのか、暗がりから一匹の狼が姿を現す。

毛並みは灰色で大きな体軀をしている。微かな唸り声を上げ、金色の目でエルネストを睨み据えていた。

「……でかいな……」

エルネストは人間でも大柄な方だが、この狼は同じくらいの大きさがありそうだ。

「これは群れの若い雄狼で、リーダーではありません」

「これよりも大きいのが、まだ他にどこかに潜んでいるということか？」

狼は群れで狩りをすると聞いたことがある。もし他にも狼がいるのであれば、なかなか難儀なことになりそうだ。

「いえ、この子は単独で行動していたようです。雄の若狼なので、巣立ちが近いのでしょう」

「なるほど……」

では狩りの練習をしていたというところか。

やはりずいぶんと狼に詳しいようだ。

狼の金色の瞳と睨み合ったまま、エルネストは二歩目を下がった。

緊張で汗がこめかみを伝ったが、瞬きもできない。瞼を閉じたその隙を突いて、襲いかかってきそうだった。

それなのに、静かな声でまたどこからか無情な指示が聞こえる。

「そのまま三歩目を下がると同時に、狼から目を逸らしてください」

「……おい、目を逸らしたらこいつが飛びかかってくると思うんだが」

「大丈夫です」

(……本当か？)

一抹《いちまつ》の不安を覚えながらも、エルネストはその指示に従った。

狼はジリジリと距離を詰め始め、エルネストが三歩目を踏み出して目を逸らした瞬間、こちらに飛びかかってきた。

「背後へ飛び退いてください！」

矢のような指示が鼓膜を揺らし、エルネストは四肢に力を込めて大きく後ろへと跳躍《ちょうやく》する。

「クッ……！」

瞬時に負荷をかけた左脚の付け根に鈍い痛みを感じたが、構っていられない。歯を食いしばって体幹の筋肉を引き絞り、なんとか体勢を崩さずに地面に着地できた。そのまま握っていた懐剣を構え、敵に視線を投げた時、「ギャウン！」という狼の悲鳴が上がった。

狼は前肢を折るようにして身体を倒し、のたうち回っている。

目を凝らしてみると、狼の前肢に頑丈そうなトラバサミが噛んでいた。

（……そこに罠が仕掛けられていたのか……！）

「は……！」

ドッと心臓が音を立て、四肢に込めていた力が抜ける。

肺から空気を吐き出して、エルネストは唸り声を上げて暴れている狼から距離を取った。万が一にでも狼が罠から脱すると危ない。

「うまく罠にかかってくれて良かったです」

気を抜いたところにいきなりすぐ傍から声が聞こえて、エルネストはギョッとして背後を振り返った。

すると暗闇を破《わ》るようにして、小さな白い顔が浮かび上がる。

「――っ」

エルネストは息を呑んだ。

現れたのは、小柄な少女だった。

布だったもの、としか言いようのないボロボロの布切れを縫い合わせたかのような上衣に、同様の状態のブカブカの下衣を穿いているその姿は、住居や行き場のない流浪の民を彷彿とさせる。弓を手にした小さな手は泥で汚れ、頭の後ろで一括りにされた黒い髪はゴワゴワとして、何か粘度のある液体が付着したのか、あちこちで固まっているような形跡が見られた。

戦場の兵士でもここまで荒《すさ》んだ身なりはしていない。

清潔とは程遠い格好にも驚いたが、エルネストが喫驚《きっきょう》したのはそこだけではなかった。

その汚い少女の顔が、とんでもなく美しかったからだ。

頬に泥がこびりついてはいるが、白い肌は陶磁器のように滑らかで、暗がりの中でも光り輝くようだ。やや小ぶりな鼻は筋が通っていて形が良く、ぷっくりとした唇は熟れた果実のように赤い。

なによりエルネストの目を奪ったのは、その大きな瞳だった。

美しいアーモンド型をしていて、白っぽい色の長い睫毛に覆われている。暗いので瞳の色まではっきりとは分からないが、透明で濡れたようにわずかな光を反射する様は、ま

るで極上の水晶《クリスタル》だ。

身なりの汚さを払拭するほどの美しさだった。

（……この娘は、一体……）

幼さを残す容貌からして、まだ十代だろう。子どもに毛が生えた程度の少女が、なぜこんな危険な森に一人でいるのだろうか。

だが目の前の少女が、エルネストを助けてくれたあの声の主であることは間違いない。

野生の狼を前にあれほど冷静に指示を出せるなんて、普通の少女ではないだろう。

（狼の生態についても詳しいようだし、なによりあの罠があそこにあることを把握していたということは……）

あの罠を仕掛けた人物である可能性が高いということだ。

「君は……一体何者なんだ……？」

半ば呆然と訊ねたエルネストに、少女は淡々とした口調で答えた。

「私はエノーラです」

「……エノーラ。あ、ああ。そうか……」

名乗られてしまったが、訊きたかったのはそういうことじゃない。エルネストが拍子抜けしていると、エノーラと名乗った少女がじっとこちらを見つめてきた。

「……な、なんだ？」

「あなたは？」

「え？」

「私はエノーラです。あなたは？」

どうやらエルネストにも名乗れと要求しているらしい。

「……俺は、エルネストだ」

英雄となったエルネストの名前はこの国では有名すぎる。一瞬偽名を名乗ろうかとも思ったが、目の前でなぜか目をキラキラさせている娘を見ると、嘘をつく気にはなれなかった。

すると、エノーラはパッと顔を輝かせる。

「エルネスト。あなたはエルネストというのですね」

「あ、ああ……」

「エルネスト、エルネスト……、エルネスト……！　ああ、素晴らしいです。とてもきれいな名前だと思います！　エルネスト、とても素敵な響きですね、エルネスト！」

何がそんなに嬉しいのか分からないが、エノーラはエルネストの名前を呪文のように連呼しては褒めてくる。

「そ、そうか……？」

これまでの人生でこんなに名前を褒められたことはなかった。

どうやら少々変わった娘のようだ。

「あー……その、助けてくれてありがとう。君がいなかったら、どうなっていたか分からない」

エノーラの奇妙な言動に面食らいつつ、エルネストはひとまず窮地を救われたことに礼を言った。するとエノーラはニコニコしながら首を横に振る。

「いいえ、お客様のお出迎えは当然のことですから」

「……？　お客様……？」

彼女の発言に、エルネストは再び面食らった。

(何を言っているのだ、この娘は。俺を誰かと間違えているのか……？)

思わず眉根を寄せるエルネストを他所に、エノーラは未だ唸り声を上げて七転八倒している狼へと近づいていく。

「あ、おい！　危ないぞ！」

エルネストの制止に、エノーラは顔だけをこちらに向けたものの、「大丈夫です」とにこりと笑った。

そして腰に下げた革製の巾着袋から何かを取り出すと、狼の肢元《あしもと》へと放り投げ、またエルネストの方へ戻ってくる。

「……？　なんだ？　何を投げた？」

「薬草入りの肉団子を干したものです。少々匂いがありますが、狼は嫌がらず食べるものです。眠り薬が効いた頃に戻って解放してやりましょう」

なんでもないことのように言う娘に、エルネストは驚いてしまった。

「あの狼を解放するのか？」

「あの狼の群れはこの森の階層構造の上部に位置します。群れを離れる巣立ち直前とはいえ、殺せば均衡《きんこう》を崩しますし、なにより報復が面倒ですから」

サラリと説明するが、森を熟知している者でないと出てこない内容だ。

（こんなに詳しいなんて……この娘は、この森の管理者の家族か何かなのか……？）

多くの森や山には管理者が置かれる。昔からその付近に住まう住民の中で、とりわけ森や山に詳しい者を、持ち主である領主が雇って管理者とするのだ。

（しかし、兄上からはそんな話を聞いたことがないな……）

この北の森は王都にあるから、当然持ち主は兄王のはずなのだが、おそらく管理者までは把握していなさそうだ。

（狼が出るような森だ。今度会った時に、しっかり管理するように忠告しなければ……）

危険な野生動物が市街地まで出てくれば大変なことになる。

心にそう留め置きながら、エルネストはエノーラとの会話を続けた。

「報復？　狼は仲間を攻撃されると報復するのか？　……そんな知能が？」

「狼は仲間意識がとても強いですし、状況によっては人間よりも賢いと思います」

当たり前のことのようにサラリと答えるエノーラには、嘘も気負いも感じられない。

どうやら適当なことを言っているわけではなさそうだ。

「……君はずいぶんとこの森に詳しいのだな」

エルネストの言葉に、エノーラは小さく首を傾げる。

「この森は私の家ですから」

ということは、この森に住んでいるということだろうか。

「君は、この森の管理者の娘なのか？」

それならば話が通る、と思って訊いたエルネストに、エノーラはキョトンとした表情になった。

「管理者……？　いいえ、私は管理者の娘、というものではありません。私はエノーラ。『森の魔女』カミラの孫娘です」

『森の魔女』というフレーズに、エルネストは目が丸くなる。

「――なんだって？　『森の魔女』？」

兄王が言っていた、伝説の薬師のことだ。

本当に存在したのか、と驚いていると、並んで立っていたエノーラが一歩前へ出てこちらを振り返った。

「この森に入ってくる人間は、ほとんどが魔女の薬を求めて森へやって来られたお客様です。あなたもそうなのでしょう？」

澄んだ宝石の瞳が、まっすぐにこちらに向けられる。

その透明な美しさに、エルネストは吸い込まれるような錯覚に陥った。

「いや、俺は……」

薬を求めてこの森に入ったかと言われれば、違う。『森の魔女』の存在などハナから信じていなかったのだから。

それなのにエルネストは、少女の瞳を見返したまま、気づけば首肯していた。

「……ああ、そうだ。俺は、『森の魔女』の薬をもらいにやって来た」

肯定の返事に、エノーラは艶やかな微笑みを浮かべる。

心の底から嬉しそうな、天使のような微笑みだった。

「ようこそ、お客様。魔女の家へご案内します」

——これが、エルネストと風変わりな魔女の孫娘、エノーラの出会いだった。

第二章　森の外

エノーラはウキウキしながら家の中を忙しく歩き回った。

この家にお客様が来るのはどれくらいぶりだろうか。

（確か、二年前の春が最後だったはずですね）

その客は遠い南の町から来たという青年で、恋人の火傷を治す塗り薬を求めていた。仕事中の事故で顔に火傷を負い、すっかり塞ぎ込んでしまった彼女に、もう一度笑ってほしいのだと言っていた。

『塞ぎ込んだってことは、死んじゃいないんだね。熱やなんかは出てないのかい？　……ふん、なら火傷の範囲も深度も大したことないね。不幸中の幸いってやつだ。火傷の痕を残さないためには、とにかく保湿がキモだよ。この軟膏《なんこう》を塗って、煮沸消毒した布を常に当てておくんだ。それから傷を太陽の光に当てるんじゃないよ！　陽光は色素を肌に沈着させるからね！　外に出る時は黒い布で顔を覆っておくこった！』

祖母は怒鳴るように説明すると青年から大金をふんだくって、早々に森から追い出してしまった。あれでは『魔女』扱いされても仕方ないとエノーラは思う。

（あの時のおばあさんは、お母さんの絵本に出てくる、『悪い魔女』そのものでした……）

この家の本棚には祖母の薬草についての書物の他に、二十冊の絵本があった。それはエノーラが生まれる前に、死んだ母が生まれてくる子ども用にと遺したものだそうで、何の娯楽もないこの森で、エノーラの唯一の楽しみだった。エノーラはその絵本で字を覚え、『王様』や『お姫様』、『騎士様』や『神父様』の存在を知った。もちろん、『悪い大臣』や『悪い魔女』についてもだ。何度も何度も擦り切れるほど読んだので、もう内容を空《そら》で言えるほどになっている。

祖母のことを常々『悪い魔女』に似ているなと思っていたのは、内緒である。

「お客様が来るのは本当に久しぶりで……あの、お茶はいかがですか？」

祖母はいつも、客がいる時には茶を出さず、わざわざ客が帰るのを見計らってお茶を淹《い》れて飲んでいた。客にまで茶を出すのは「もったいない」らしい。大変なドケチである。

遠くからわざわざ来てくれた客は、きっと喉が渇いているだろうに、とエノーラは思っていたけれど、祖母は「人間は優しくするとつけあがる生き物だ」と言って、薬以外のものを出すことはしなかった。本当に人嫌いが徹底していた。

だが今はその祖母もいないので、お客にお茶を出したところで叱る人はいない。

（ええと、でもこの家に人に飲ませられるようなお茶はあったでしょうか……？）

エノーラはいつもどくだみの葉から作るお茶を飲んでいるが、森の外の人が飲むのは赤い色をしたいい香りのお茶のはずだ。

（確か、絵本でお姫様が飲んでいるのも『芳《かぐわ》しい紅茶』でした……）

どくだみ以外のお茶が、この家にあっただろうか。祖母は薬作りの傍ら、気まぐれにハーブで虫除けのサシェを作ることがあったから、もしかしたらハーブティーなんかがあったりするかもしれない。

（おばあさん、私に戸棚を触らせてくれませんでしたから……）

お腹を空かせたエノーラが、食品庫の食料を漁《あさ》って食べてしまわないようにという憂慮《ゆうりょ》からだったのだろう。この家ではいつも食料が不足していた。

戸棚の中をゴソゴソと漁ってみていると、背後から呆れたような声がかかる。

「いや、ありがたいが、その前に君は身なりを……その、清めた方がいいのでは？　全身泥だらけだぞ。特に後ろの首周りが真っ黒だ」

男が言う「首周り」の黒く染まった衣服を、エノーラはなんとなく指で引っ張った。これは髪の染め粉のせいで黒くなってしまうのだ。染め粉は乾き切れば髪に密着するが、濡れている間は他の衣服にも色が移る。

「せめてその枯れ草まみれの上着だけでも脱いで、手を洗った方がいい。……聞いているのか、エノーラ？」

うんともすんとも言わないエノーラに、男が眉根を寄せて名を呼んだ。

自分のものではない低い男の声に名を呼ばれ、エノーラの心臓がぴょんぴょんと跳ねる。

ずっと祖母と二人暮らしだった上、この森に人間が訪ねてくることは稀だ。それに祖母はお客様が来た時には隠れておくように言いつけていたから、エノーラは祖母以外の人間に話しかけられたこともないのだ。

(名前を呼んでくれました！　私の名前を！　エノーラって！)

たったそれだけのことが猛烈に嬉しい。

エノーラはニコニコしながら男を振り返った。

「大丈夫です。私はいつもこうなのです」

すると男——エルネストと名乗った男はギョッとした顔になる。

「いつも!?　君はいつもそんな汚い格好のままでいるのか!?　家の中でも!?」

「……汚い、でしょうか……？」

指摘され、エノーラは自分の姿を見下ろす。

確かに裾に多少泥がついているが、乾いてから払えばすぐ取れる。

衣服は三日前に洗ったばかりだし、そんなに汚れてはいないはずだ。

(今日は狩りをしていないし、獣を捌《さば》いてもないし……。枝拾いをしたぐらいだから、大丈夫ですよね)

獣を追いかけて森を転げ回る狩りは、本当に全身泥だらけになるし、獣を捌けば血抜きや皮剝ぎで獣の血や脂《あぶら》に塗《まみ》れる。そういう時には衣服を着替えるし風呂にも入るけれど、今日のような軽作業で着替えるなんてもったいない。

服は着替えれば洗わなければならないし、風呂に入る時には井戸から大量の水を汲んでこなくてはならない。どちらも重労働なので、できるだけやりたくないのである。

「大丈夫。汚くありません」

「全然大丈夫じゃない。着替えなさい」

満面の笑みで言いきるエノーラに、エルネストが即座に言い返した。怖いくらいの真顔である。

（……すごい、真顔なのに、とってもかっこいいです……）

自分をしょっぱい顔で睨んでくる男の顔を、エノーラはうっとりと眺めてしまった。

暗がりで見た時も思ったけれど、こうして灯りのある場所で見ると、この男性は非常に整った容姿をしている。

精悍な輪郭に、高く通った鼻筋、凛々しい眉は描いたようにくっきりとしているし、切れ長の目の中にある若草色の瞳は、洞窟の中で見つけた橄欖石《ペリドット》のように煌めいている。

顔だけではない。背は見上げるほど高くて、服の上からでも鍛えていると分かる強靭《きょうじん》な肉体。左脚を少し引きずってはいるが、彼はきっと強い。先ほどの若狼と戦っても、良い勝負をするのではないだろうか。

　エノーラはこれまで男性を数回しか見たことがないが、彼は飛び抜けて美しく、野生の獣のように強い人だ。

　彼を一目見た時から、エノーラはドキドキと胸が鳴りっぱなしだった。

　じっとその美貌に見入っていると、エルネストは戸惑ったように眉を寄せた。

「……なんだ？　俺の顔に何かついているか？」

「いいえ。あなたのお顔がとっても美しいので、見惚れているのです」

　素直に述べると、エルネストはいきなり「ブホッ」と咽《む》せ返った。

　そのままゴホゴホと咳をし出したので、エノーラは心配になる。

「大丈夫ですか？　お風邪ですか？」

「い、いや、風邪は引いていない。いきなり妙なことを言われたので驚いただけだ」

「妙なこと……？」

　今の会話に妙なことなどあっただろうか。

　首を捻っていると、エルネストは珍妙なものでも見るような目でこちらを見つめてくる。

「……男にはあまり『美しい』などとは言わないものだ」

　その説明に、エノーラは目を丸くした。

「そうなのですか？　知りませんでした」

するると今度はエルネストの方が驚いた顔になる。

「無礼があったのなら、ごめんなさい。私は森の外に出たことがないので、外の決まり事を知らなくて……男の人と喋《しゃべ》るのも、これが初めてなのです」

「――は？　どういうことだ？　この森から出たことがないって？　男と話すのもこれが初めて？　そんなことあり得るのか？」

驚かれても、あり得るのだから仕方ない。

「本当です。実はおばあさん以外の人間と話すのもこれが初めてです。おばあさんは私がお客様の前に出ることを禁じていましたから」

エノーラの真面目な表情に、嘘はないと感じたのだろう。

エルネストはしばらく絶句した後、ゆっくりと眦《まなじり》を吊り上げた。

「……おい、それじゃまるで監禁じゃないか」

「え、ええと……」

「祖母以外の人間と話したことがない？　子ども相手になんて非道なことを！　君の祖母はどこにいるんだ？　俺が話をつけてやろう！」

いきなり怖い声になったエルネストに、エノーラは目を瞬く。

何が彼の気に障《さわ》ったのか分からない。

オロオロしつつも、エノーラは頭を左右に振った。

「あの、おばあさんは先日亡くなりました」

「えっ？」

「死んだのです。朝、起こしに行ったら寝床で冷たくなっていました。老衰だと思います。……ですから、あの、薬を作れる者はもういないのです。ごめんなさい」

彼は薬が欲しくて、『森の魔女』に会いたがっていたのだろう。それなのに『森の魔女』が死んでいたのだから、きっと落胆するに違いない。

（……森で会った時にそれを伝えれば良かったのに、ここまで彼を連れて来たのは、私のワガママです）

なにしろ、エルネストは久しぶりに森に入ってきた人間だ。

祖母が亡くなり森に一人きりになったエノーラは、ずっと寂しくて堪らなかった。

それに、祖母以外の人間と話をするのは初めてだった。

とにかく少しでも長く彼と一緒にいたくて、ついここまで連れて来てしまったのだ。

だがエルネストにしてみれば、無駄足を踏まされたということになる。きっと腹を立てるだろう。

（怒られると分かっていても、この人と話がしてみたかったのです……）

エノーラはいつもこうだ。これをすれば祖母が怒ると分かっていても、好奇心が抑えられなくてやってしまう。だからしょっちゅうゲンコツを食らっていた。

怒られる前にとにかく謝っておこう。そうすれば多少は心証が良くなるかもしれない、という姑息《こそく》な判断による謝罪だったが、返ってきたのは心配そうな声だった。

「そうだったのか。気の毒に。辛かっただろう」

先ほどの険しい物言いとは一転した優しい声色に、エノーラは拍子抜けして顔を上げる。

「……あの、怒らないのですか？」

「怒る？　なぜだ？　君は何も悪いことはしていないだろう」

「あ……、でも、あなたに無駄足を踏ませてしまいましたし……」

「家に招いてくれただけだろう。無駄足だとは思っていないし、そもそもその程度のことで怒ったりしない」

「そう、ですか……」

怒っていないと言われて、エノーラは戸惑ってしまった。

祖母は無駄が大嫌いで、エノーラが余計なことを言ったりしたりすると、烈火のごとく怒り、容赦なく顔やら頭やらを打《ぶ》ってきたものだ。

（……余計なことをしたというのに怒られないなんて、いいのでしょうか……）

怒られることを覚悟してここまで連れてきたので、怒らないと言われたどころか、『気の毒に』と労りの言葉までかけてくれるエルネストに、エノーラは胸の奥がぎゅうっと軋《きし》んだ。優しい人だ。祖母以外の人間をあまり知らないけれど、これまで森を訪れた客の多くはこれほど物腰が柔らかくもないし、親切でもなかった気がする。エノーラは顔を出すなと言われていたので、物陰からこっそり盗み見ていたのだが、客の中には祖母が目を離した隙に品を盗み取ろうとするような悪い人間もいた。

（……もちろん、おばあさんにすぐにバレてこっぴどくお仕置きされていましたが……）

薬を嗅《か》がせて動けなくした後、縄で手足を縛って森の深い場所に置き去りにしていた。祖母は敵だと判断した者には容赦しない人だったのだ。

ともあれ、エルネストはそういった類《たぐい》の人間とは違うようだ。

「それよりも、他の家族は？」

エノーラの内心など知らないエルネストは、キョロキョロと家の中を眺めて訊ねてくる。

「家族はいません」

訊かれたから答えたのだが、エルネストは目を剝いてこちらを凝視した。

「なんだと？　ご両親は？」

「母は私を産んだ時に亡くなったそうです。父はいません」

「な……こんな森の中に、子どもが一人で暮らしているということか!?　なんということを！」

（子ども……私のことでしょうか）

エノーラは今年で二十歳になる。祖母はエノーラが十五歳になった時から大人扱いし始めたから、もう大人になって五年は経つのである。

祖母は「大人なんだから、自分のことは自分でおやり！」と言い、井戸の水汲みや、食料の調達、食事の支度など、日常生活に必須の仕事を全てエノーラの役割とした。

祖母の役目は薬作りだ。

祖母はそれ以外のことはやらなかったので、エノーラは不公平だと思わないこともなかったが、仕方ない。鍋や包丁といった鉄製の道具など、森の中では調達できない物を買うためには金が必要だ。金に換えられるのは、祖母の薬しかなかったのだから。

「あの、私は子どもなのですか？」

「当たり前だろう！」

「そうですか……」

彼が言うならそうなのだろう。

森の外では二十歳はまだ子どもなのかもしれない。

「いやまいったな……。こんなことになるとは……」

この家にはエノーラ以外いないと知って、エルネストはうんうんと唸り出した。

薬が欲しかったのに、作れる人がいないことを嘆いているのだろう。

エノーラは申し訳なくなって、しょんぼりと肩を下げてもう一度謝った。

「本当に、がっかりさせてごめんなさい。私が薬を作れたら良かったのですが、おばあさんは私に薬作りを教えてはくれなかったのです……」

　するとエルネストはハッとした表情になって、エノーラの傍まで歩み寄ってくる。

　そしてポンとエノーラの肩に手を置くと、優しい微笑みを浮かべて顔を覗き込んできた。

「がっかりなどしていない。そもそも、魔女の話は半信半疑だったからな。期待もしていなかったんだ」

「そうなのですか？」

「ああ。それよりも、エノーラ。君のような子どもを、ここに一人で置いておくわけにはいかない。保護者がいないというなら、俺と一緒に来ないか？」

「……ええと、どこにですか？」

　唐突な誘いに、エノーラはキョトンとして目の前の美しい顔を見つめ返す。

　エルネストの造作は近くで見てもやはり整っていて、ついうっとりとしかけていると、彼が言った。

「俺のところに」

「え？　あなたのお家にということですか？」

　思いがけない話に、エノーラは驚いてポカンとしてしまう。

　何かの冗談だろうか。

　だがエルネストは至極真面目な顔つきで首肯した。

「ああ。……これも何かの縁だ。俺は戦災孤児を引き取って育てる孤児院も作っていてね。こういうことには慣れているから、安心してくれ。とはいえ、君は孤児院に入れるには大きすぎるから、ひとまずは俺の屋敷に住むといい。森の外に出たことがないのならば、色々と知識も必要だろうから、家庭教師をつけてもいい。一人で生きていけるほどの力がつくまでは、俺が面倒を見てやろう」

まさかの申し出に、エノーラは酷く狼狽えてオロオロと視線を彷徨わせる。

「ええと、あの、それは、この森を出るということでしょうか……？」

森を出る、というフレーズを口にするだけで、罪悪感が胸に込み上げた。

『髪を染めること。森を出ないこと』

祖母の嗄れた声が、脳裏に蘇る。

きつく言い渡された約束だ。破ろうとすると、いつも酷く折檻《せっかん》された。鞭《むち》で叩かれる痛みを思い出して、ジワリと汗が浮かんだ。

「そうだ。俺の屋敷は森の外にある。君は森の外の世界を見てみたくはないか？」

見てみたい。森の外に行ってみたい。

誰もいないこの森ではなく、たくさんの人がいる場所へ行けたなら……。

きっとにぎやかで、楽しくて、光に満ちた場所だ。想像するだけで心が躍る。

（……でも、ダメです。私は、おばあさんと約束したのだから……）

眼裏に煌めく夢を垣間見て、エノーラはぎゅっと目を閉じた。

約束は、守らなければならない。

叫び出したいような、何かの衝動を必死で呑み込んで、エノーラは声を絞り出す。

「……行けません。私は、森の外に出てはいけないから……」

膨れ上がる願望にやっとのことで蓋《ふた》をしたのに、エルネストの怪訝な声がそれを緩めた。

「なぜだ？」

「え……？」

「理由だよ。君は外に出ると死ぬとか、病気になるとか、そういう困った現象が起こるのか？」

「死ぬ？　い、いいえ。そんなことは、起こりませんけれど……」

思いがけない問いに、エノーラは目を開けて首を左右に振る。

小さな頃、どうしても森の外の様子を知りたくて、一度だけこっそりと出てみたことがある。だが森のすぐ傍にある古道まで出たところで、祖母が追いかけてきてとっ捕《つか》まったのだ。あの時の祖母の悪鬼のような形相を思い出すと、今でも震え上がってしまいそうだ。

だがもし森を出ると死ぬのならば、あの時すでに死んでいたはずだ。

エノーラの答えに、エルネストは「ホレみろ」と言わんばかりのしたり顔になる。

「だとすれば、どんな理由があるとしても、正当性のある理由とは言えないな」

「正当性……」

「そうだ。君のような子どもをこの森から出さないというのは、俺から言わせれば監禁で虐待だ。狼がいるような森で、食い殺される危険があるにもかかわらず、誰の助けも得られない。そんな危険極まりない環境で、孤独なまま一生涯を過ごせということだろう？　どう考えても極悪非道の許されざる所業だ。そんな悪行が許される理由があるとすれば、森を出れば君の命の危険があるということ以外にないだろう」

祖母の言いつけを、『極悪非道の許されざる所業』と言われ、エノーラは目を白黒させた。

「ええと……でも、おばあさんと、約束をしたのです。森を出ないと……」

そう説明しつつも、エノーラの胸がドキドキと高鳴っていた。

（わ、私も、森を出てもいいのでしょうか？　本当に？）

ずっとずっと、森の外の世界に憧れていた。

出てはいけない、と厳しく言われていて、その理由を聞いても叱られるだけだったので、いつしか疑問に思うことを諦めてしまっていた。

だがエルネストが、忘れていたその疑問を再びエノーラの中に呼び覚ましてくれたのだ。

「おばあさん……『森の魔女』との約束か。ふむ。……まず訊こう。エノーラ、君は森の外に出たいと思うか？」

そう訊ねられると、答えは一つだ。

エノーラはブンブンと勢いよく頭を上下させた。

「で、出たい、です！　ずっとずっと、出てみたかったのです！」

エルネストは、エノーラの答えに満足げな笑みを浮かべる。

「そうか。出たいならば、なぜおばあさんとの約束を律儀に守っていたんだ？」

「それは……叱られる、からです……」

祖母の怒りは苛烈だった。怒鳴り声は鼓膜にビンビン響くし、興奮すると手も足も出る人だったから、できるだけ叱られないように注意していた。とはいえ、エノーラが好奇心に負けて余計なことをしてしまうのはしょっちゅうで、祖母からの怒声は減らなかったけれど。

エノーラの答えに、エルネストが大きな手でポンと頭を撫でてくれた。

「だったら、もう君を叱る人はいないのだから、外に出てもいいのでは？」

「――そうか。そうですね。私は、もう叱られないのですね……！」

指摘されて、エノーラは霧が晴れたような気分になった。

祖母は亡くなった。だからもう叱られることはないのだ。

「で、では、私は森の外に出てもいいのですね？」

胸がドキドキとしてくる。おそるおそる訊ねると、エルネストは微笑んだ。

「そうだ。君は自由だ」

「自由……」

うっとりと鸚鵡《おうむ》返しに呟いたその言葉は、未知のものだ。

自由——母の遺してくれた本に書いてあったから、意味は分かる。誰にも束縛されず、思うままにふるまうことだ。

「森の外にだろうが、この国の外にだろうが、どこへだって行ける。そして何者にもなれるんだ。まずはたくさん学んで、この世界のことを知るといい。そうして、この世界にはどんな人たちがいて、どんな職業があって、どんなふうに世界が動いているのかを学び、自分が何になりたいか考えるといい」

エルネストの言葉は、光のようだった。

自分には縁がないと思い込んで、諦めたことばかりだ。

「……私、たくさんの人に会ってみたいのです」

エノーラの呟きに、エルネストはしっかりと頷いた。

「会えるさ。きっと、君が思う以上の人数に会うことになる」

「それに、勉強もしてみたかったのです。魔法の絨毯《じゅうたん》で空を飛ぶためには、たくさん勉強しなくてはならないって、絵本に書いてありましたから。それから、数学も。足し算と引き算はできるのですが、おばあさんは掛け算というのもできていました。私には、やり方を教えてくれませんでしたが……」

「……うーん、魔法の絨毯は無理かもしれんが……数学ならば、良い教師を探してやろう」

「それから……ダンスも！　お姫様と王子様が、舞踏会で踊るのです。私もダンスをしてみたいと思っていました」

口からポンポンと矢継ぎ早に飛び出す希望に、エルネストがふっと相好《そうごう》を崩す。

「やれるぞ。俺と一緒に来れば」

クシャリ、と頭をひと撫でした後、彼はその手をエノーラの前に差し出した。

「今まで、独りでよく頑張ったな」

「……！」

労いの言葉に、エノーラはハッと息を呑む。

胸の中に、硬くて冷たいものがある。それは物心ついた時からずっとあって、そのせいでエノーラは美味しい物を食べた時も、雨上がりに虹を見つけても、心から楽しいと思えないでいた。楽しいし、嬉しいのに、心の底が一部だけ、ずっと冷えたままだった。

それが今、ふっと溶けて消えた気がした。

「……私、もう、独りぼっちは嫌なのです……」

ポロリと溢れ出た言葉に、エルネストが一瞬痛ましげに眉根を寄せたが、すぐにニコリと微笑んで言った。

「もう大丈夫だ。俺がいる」

力強いその頷きに、眦が熱くなって、視界が潤《うる》んでいく。

「さあ、行くぞ」

温かい誘《いざな》いに、エノーラは頷いて自分の手をその上に重ねた。

「……はい！」

今度こそ、迷いのない返事だった。

＊＊＊

風呂上がりに自室の長椅子に腰を下ろしたエルネストは、ふーっと深く息を吐いた。

「ああ、くたびれた。今日は本当にとんでもない日だった……」

ぐったりとしながらぼやいていると、どこからともなく現れた執事が、サッと冷たい水の入ったグラスを差し出した。

「ああ、ありがとうランセル」

「お髪《ぐし》を拭かれた方がよろしいかと。水滴が肩を濡らしておいでです」

無表情で指摘され、エルネストはグラスの水を一気飲みした後、やれやれと肩をすくめる。

「相変わらずお前は口うるさいな。俺は十歳の子どもじゃないんだぞ」

「立派な大人は、髪を濡れたままにしておかないものです。お風邪を召されたらどうします」

主人《あるじ》の文句に正論を返すこの執事は、エルネストが幼い頃から面倒を見てくれた従者だった。母が亡くなり王宮に放り込まれたエルネストに、王族の立ち居振る舞いを一から教えてくれた人物でもある。半ば親であり、師でもあるため、エルネストに容赦なく物を言える数少ない人物なのだ。

「ああ、分かったよ。髪を拭けばいいんだろ。まったく……いつまで俺を子ども扱いする気だ……？」

ブツクサと言いながら、手渡されたタオルでワシワシと髪を拭いていると、ランセルが苦い物でも噛んだような顔になって言った。

「子ども扱いがお嫌でしたら、むやみやたらに生き物を拾ってこないことです」

痛烈なイヤミに、エルネストはピタリと動きを止める。

子どもの頃、王宮に迷い込んだ猫やら鳥やらを捕まえては、飼うと言ってランセルを困らせたことを思い出していた。

「……おい、エノーラは野良猫や小鳥じゃないぞ」

今日エルネストが森から連れ帰った魔女の孫娘に、屋敷の使用人たちは驚きを隠せない様子だった。ランセルだけは表情を変えていなかったので、意に介していないのかと思ったのだが、どうもそうではなかったようだ。

「年頃のご令嬢を拾っていらっしゃる方がタチがお悪い」

「年頃って、あの子はまだ十五、六歳だろう！　妙な言いがかりをつけるな！」

人聞きが悪い、と睨みつけると、ランセルはわずかに目を見張った。

「……もう少し年嵩《としかさ》ではないかとお見受けしましたが」

「もういくつか上だったとしても、子どもには違いないだろう」

むすっと言い返せば、執事は小さく首を捻《ひね》る。

「確かに幼い顔立ちをしておられましたが、子どもなどという年齢ではないとお見受けしますが……」

「バカを言え。あんなに小さい大人がいるものか！　腕だって小枝みたいに細かったぞ」

「ともあれ、肉親を喪って天涯孤独になった女性を、成人した貴族の男性が連れ帰ったなどと世間に広まれば、先ほど申し上げたような妙な言いがかりをつける者が出てくるかもしれないということをご理解いただきたく……」

長引きそうになる説教を、エルネストはフンと鼻を鳴らして一蹴《いっしゅう》した。

「くだらない。言いたいやつには言わせておけばいい。そもそも俺は世間体なんぞどうでもいいんだ。できれば山奥に引きこもって、くだらない噂話をする連中とは縁を切りたいと思っているくらいだ」

「旦那様がそういうお考えだとしても、他の者は違うやもしれません」

　静かに返されて、エルネストは片方の眉をぴくりと上げる。

「……なんだと？」

「旦那様は男性で高貴な身分をお持ちですから、誰がなんと言おうと意に介さない生き方がおできになるでしょう。ですが、あのお嬢様は違います。貴族の男性の慰《なぐさ》み者になったという噂が立てば、この先まともな嫁ぎ先はないでしょう」

「む……」

　執事の正しい見解に、思わず口の端を曲げて唸ってしまった。

　エルネストは顎《あご》に手をやって「うーむ」と思案する。

「確かに、それはそうだな……」

「問題は、あのお嬢様をどのように扱われるかということです、旦那様」

「どう扱う……とは？」

　エノーラを連れ帰ったのは、凶暴な野生の肉食獣がいる森に、彼女を独り置いておけないと思ったからだ。多くの戦災孤児を保護してきたエルネストにとって、天涯孤独であるというだけでも保護対象だ。

それ以外のどんな理由もない。

だから「どう扱うか」と言われても、その意図がはかりかねた。

怪訝な顔をしていると、ランセルはパッと輝かしい笑顔を見せる。

「あの方を妻になされれば、万事解決というわけです！」

「つま……？　……はぁああ!?」

一瞬何を言われているか分からず混乱したが、意味が分かるとエルネストは盛大に仰天してしまった。

「おまっ、お前は何を言っているんだ？　気は確かか？　相手は子どもだぞ！」

「ですから、お嬢様は子どもとおっしゃるほどの年齢ではないと申し上げております。あ、それにしても、これまで縁談という縁談は片っ端から蹴飛ばし、言い寄る女性という女性を足蹴にされてきた旦那様が、女性を連れていらっしゃるなんて夢のようです。ようやく我らが主人《あるじ》にも春が訪れたのではと、屋敷中の者たちが大騒ぎしております。ええ、もうもう、この屋敷に女主人《おんなあるじ》をお迎えするのは、我々使用人たちの悲願でございましたから、皆大いに喜んでおりまして……」

「いやいやいや、待て待て待て」

エルネストは額を押さえながら、怒濤《どとう》のように喋《しゃべ》り出すランセルを止める。

なんだか鈍い頭痛がしてきた。

確かにランセルにはこれまで何度も結婚を勧められてきた。

『このままではこの家は旦那様の代で潰《つい》えてしまいます！　お世継ぎを早く！』

女性に興味を示さないエルネストに、最近では鬼気迫る勢いでそう訴えてきたものだ。

ちなみにエルネストは別に女性に興味がないわけではない。

無論男色家でもないし、変態性の高い特殊な性癖でもない。

普通の男となんら変わらず、女性を見れば心が動くし、人並みに性欲とてある。

ただエルネストの周囲に群がる女性が、ことごとくエルネストの好みではないというだけだ。

エルネストは貴族のご令嬢やご婦人という人種が大の苦手である。

そもそもエルネストの価値観の大半は、母と暮らしていた平民時代に形成されたものだ。

汗水垂らして働き、自らの手で得た金で日々を暮らすという平民の感覚を忘れていないエルネストと、汗どころか指一本動かすことなく、領民から搾り取った税金を使って優雅な毎日を送っているお貴族様のご令嬢とでは、価値観が合うわけなどないのである。

ド派手で重そうな衣装を着て化粧を塗りたくった顔で近づかれても、「この衣装を売ったら孤児院の食費何日分になるだろうか」と計算してしまうだけで、エルネストの鋼の情緒はピクリとも動きはしないのだ。

婚外子とはいえ、王弟で元将軍で公爵という身分上、出会うのは情緒の動かない貴族女性ばかりであるため、これまでエルネストは女性を傍に寄せたことはなかった。

そのため男色であるだの、変態趣味であるだのという噂が立ってしまい、ランセルはそれに酷く腹を立てているのだ。

小さい頃から支えてくれているこの執事は、半ば親のようなものだ。息子のように思っている主人が悪し様に言われれば憤慨するのも分からないでもない。

だがそれだけではなく、この執事はエルネストの子どもを切望している。早く孫の顔が見たい、というわけである。

「話が飛躍しすぎている。俺はあの子をそんな目的でここへ連れてきたわけではない。ただ保護してやらなければいけないと思っただけだ」

「ええ、ええ、分かっております。守ってやらねばという庇護欲が、いつしか恋心に変わることもございますから……」

「いやだから待てと言うに。お前の頭の中はどうなっているんだ」

脳内お花畑か。何でもかんでも恋愛に結びつけようとするのはやめろ。

エルネストは今日何度目になるか分からないため息をつくと、ジロリと執事を睨みつけた。

「あの子には職を見つけてやろうと思っている。生まれてからこれまで森を一度も出たことがないせいで、一般常識がまるでないから、まずは常識や知識を教え込んでやらねばならない。お前とメイド長なら良い教師になるだろう」

　エルネストが言うと、ランセルは「はて」と首を捻る。

「職を……？　ですが、彼女は貴族では？」

「貴族？　そんなわけがあるか。あの子は森で拾ったと言っただろう。『森の魔女』の孫娘だよ」

　言いながら、エルネストは先刻訪れたエノーラの家を思い出していた。

　家とは名ばかりの掘立小屋《ほったてごや》だった。どこの貴族が掘立小屋に住むというのか。

　だがランセルはまだ首を捻ったまま答えた。

「入浴を介助したメイド長から報告がありまして、彼女は印章のついた金の指輪を首からさげていたそうです」

「――なんだと？」

　印章とは、その家の家紋や職業の紋を彫った印判のことである。個人・家・官職・所属団体を示す印として公私の文書に捺《お》し、その責任や権威を証明するために用いる。

　つまり、富や権力を持つ者が使うものであり、貴族の中でも家長が、あるいは家長でなくとも国の重要な職に就いている者が所持する物だ。平民にはあまり必要ない物である。

（なぜそんなものを、エノーラが？）

　亡くなったという『森の魔女』が貴族だったということだろうか。

だが貴族の女性が森の中の掘立小屋で暮らせるわけがないし、職にも就かない。『森の魔女』は貴族でなく薬師であったことは確かだ。

（あの掘立小屋の中は、小汚くごちゃごちゃはしていたが、完全に薬師の作業場だった）

分銅秤、大きな材料を砕く薬研《やげん》、細かなものを砕く乳鉢に乳棒、薬草を煮出す大釜、薬を丸薬にする製丸機、そして薬草などが整然としまわれていた戸棚。薬師でなければ必要のないものばかりだったし、道具はかなり使い込まれているのが見て取れた。

だからエノーラの祖母が薬師であることは間違いなく、貴族の女性であったとは考えにくい。

（……ならば、盗品か？）

だが森から出たことがないというのが本当なら、エノーラが盗んだとは考えにくい。祖母が盗んだ物を孫娘に渡したか、あるいは盗んだ者が薬を買いに来て、代金代わりに置いて行ったか。

どちらにしても、エノーラが貴族の娘である可能性は低いだろう。

「どこの印だった？」

「さあ、そこまでは……。メイド長がネックレスについて訊ねると、彼女は焦ったように『内緒にしなくてはならないものだから、見なかったことにしてくれ』と頼んできたそうです」

「……ふぅむ……」

なにやらきな臭い反応だったようだ。

森の中に子どもを独りで置いておくわけにはいかないと思って連れてきたが、考えてみれば、エノーラが盗賊の一味で、仲間をこの屋敷に引き入れて襲おうとしている――などという可能性もある。

（だとすれば、俺の勘もずいぶんと衰えたものだな……）

こう見えて、人を見る目には自信があった。第六感というやつだろうか、エルネストは相手が嘘をついているかどうかが肌で分かる。それもあって、狐と狸しかおらず化かし合いを延々と繰り広げている王宮は、ひたすら水が合わない場所なのだ。

（エノーラが嘘をついているようには見えなかったんだが……）

酷く風変わりではあるが、エノーラは悪知恵の働くタイプには思えない。悪知恵どころか、何が善で何が悪かも理解していないような節がある。

（……特に、あの目だ。どこまでも透き通ったあの瞳は、まるで赤ん坊のようだった）

暗がりだったので目の色はまだちゃんと見ていないが、あの透明感だけは強く印象に残っている。

見ているものを吸い込んでしまいそうな、赤ん坊特有の純真無垢な瞳と同じなのだ。

「まあ、いい。印章のことは本人に訊いてみることにしよう。エノーラはどうしている？」

泥塗れのまま森から連れ出したので、屋敷に着いてすぐメイド長に世話を頼んだのだが、どうやら風呂には入れてくれたようだ。

「ひとまずお部屋をご用意して、そちらに入っていただいておりますが……」

執事がそう答えた時、部屋にノックの音が響いた。

「何事だ」

エルネストが応えると、ドアの向こうからメイド長のくぐもった声が聞こえてきたので

「入れ」と入室を許可した。

「失礼いたします。エノーラお嬢様が、旦那様にお話があるのでお時間をいただきたいとおっしゃっておられますが、いかがいたしましょう」

良いタイミングに、エルネストはランセルと顔を見合わせてしまった。

（ちょうどいい。印章のことを訊いてみよう）

エルネストは執事に頷くと、ドアに向かって声を上げた。

「そうか。俺も話をしようと思っていたところだ。エノーラを呼んできなさい」

＊＊＊

エノーラは驚いていた。

エルネストに連れてこられた場所は、見たこともないほど大きな建物だった。

（これは……絵本に書かれてあった『お城』ですね……！）

王様や王子様、お姫様が住んでいる場所である。

ということは、エルネストは王様なのだろうか。だが頭に冠を載せてはいない。王様は頭に冠を載せているはずだから、多分違う。では王様でなくともお城に住むことができる者なのかもしれない。

建物の中にはお揃《そろ》いの服を着たたくさんの人たちがいて、エルネストはその中の年嵩の女性にエノーラを引き渡した。

『この子は当分うちで預かることになったエノーラだ。今まで森の中から出たことがなく、一般常識がまったくない。手取り足取り教えてやってくれ』

エノーラが「よろしくお願いします」と挨拶をすると、その女性はにっこりと微笑んでくれた。

『わたくしのことは、クララとお呼びくださいね、エノーラ様』

クララはエノーラをまず風呂場へと連れていった。

『このお衣装は……処分してもよろしいでしょうか』

と訊ねられたので慌てて首を横に振って脱いだ服にしがみつくと、クララは少し困った顔をした後、「ではきれいに洗濯しておきましょう」と言ってくれた。

その優しさにも、エノーラはびっくりしてしまった。

半ば殴られるのを覚悟していたからだ。これが祖母だったら、怒り狂って打擲《ちょうちゃく》されていたのは間違いない。祖母は口答えを許さない人だった。

それ以外にも、クララは本当に優しかった。

見たこともない風呂に怯え、オロオロと逃げ惑うエノーラを宥《なだ》めすかし、風呂の入り方を丁寧に教えてくれた。汚れたエノーラの身体を洗う手伝いもしてくれた。

なんていい人なんだろう。

風呂のお湯は熱くも冷たくもないちょうど良い温度で、乾いたラベンダーの花弁が散らされていた。ラベンダーがあんなにもいい匂いがするなんて、エノーラは知らなかった。ラベンダーは祖母もよく使っていたが、もっぱら薬として調合するばかりで、他の薬草と混じって苦い匂いしかしなくなっていたからだ。

『まあ！　このお髪《ぐし》は……！』

髪を洗われた時に当然だが染料が落ちてしまい、元の髪色を見てクララが驚いていた。『髪を染めること』という祖母の声が脳裏に蘇り、エノーラも一瞬狼狽えたが、『もう君を叱る人はいないのだから』というエルネストの言葉を思い出して気を落ち着けた。

(大丈夫……おばあさんは、もういない……)

叱られることもなければ、殴られることもない。そう自分に言い聞かせながらエルネストの顔を思い浮かべると、ホッと四肢から力が抜けた。

風呂から上がると、ふかふかとした柔らかい布で身体を拭われ、びっくりするほど軽い服を着せられた。

頭から被って着るその服は、裾がとても長くなっていて、足首まで隠れた。

「こ、これは……『お姫様』が着ている『美しいドレス』というやつですね……！」

エノーラの憧れの衣装だ。

祖母はすぐ破いてしまうからと、エノーラには脚をすっぽりと覆うズボンしか穿かせてくれなかった。確かに森で動き回る際には、このヒラヒラとした服は邪魔になるだろうが、それでも絵本のお姫様のような格好を、一度でいいからしてみたいと思っていたのだ。

エノーラの呟きにクララは一瞬目を丸くした後、クスクスと笑った。

『いいえ。これは部屋着といって、主に寝る時やお部屋にいる時など、リラックスして過ごす時に着る服です。急なことでしたのでドレスのご用意まではなく、ひとまず体型の似ているメイドの部屋着を借りてまいりました』

それを聞いて、エノーラは仰天した。

それでは人の服を奪ってしまったことになる。

（な、なんということを！　返さなくては！）

と慌てて脱ごうとしたエノーラをクララが止めた。

『ご心配なさらずとも、そのメイドは他にも数着部屋着を持っておりますから、大丈夫でございます』

そうなのか、とエノーラは胸を撫で下ろす。

(このお城の皆様は、親切な方ばかりです……！)

厳しかった祖母との違いに面食らうほどだが、親切にされて嬉しくないわけがない。

心がポカポカと温かくなって、エノーラはこんな天国のような場所に連れてきてくれたエルネストに礼を言わねば、と思い立った。

クララにそう伝えると、にっこりと笑ってエノーラの髪を結った後、エルネストに伝えに行ってくれた。

するとすぐに承諾されたらしく、エノーラはエルネストの部屋を訪れていた。

「……あの……」

エノーラは困っていた。

部屋に入った途端、エルネストがあんぐりと口を開けたまま、動かなくなってしまったのだ。

これは一体どういう反応だろうか。

(な、何かおかしな格好をしているのでしょうか？)

だが、服を着付けてくれたのはクララだ。おかしいことなんてあるはずがない。

（はっ……！　もしや、こんなに可愛らしい服を私が着ているのは、おかしいということでしょうか!?）

エノーラ自身、可愛い部屋着を着て、可愛く髪を結ってもらった自分の姿を鏡で見て、ものすごく違和感があった。

鏡はあまり好きではなかった。鏡は森の家にもあったから時々見ていたが、染め粉で真っ黒になってゴワゴワした髪に、いつも何かがこびりついている顔、毛皮を着た自分の姿は見て面白いものではなかった。憧れの『お姫様』には程遠い存在なのだと見せつけられている気持ちになったからだ。

けれど、さっき鏡を見た時は違った。

香りの良いお湯を使わせてもらい、きれいでふわふわした部屋着を着て、お姫様のように髪を結ってもらった姿は、まるで自分ではないように見えた。

可愛い、とエノーラは素直に思った。

いつも黒く汚れていた髪が、今は元の白金色《プラチナブロンド》に戻っていて、クララが丁寧に梳いてくれたおかげでツヤツヤだった上、複雑に編み込まれて、これが自分の頭だなんて信じられないくらい可愛くなっていたし、衣装は言うまでもなくフワフワのヒラヒラで最高だ。

だが、それが自分に似合っているかは別問題だ。

（……そうです。おばあさんだって、いつも言ってました。『お前の顔を見ていると、胸《むな》糞《くそ》が悪くなる。あの子に似ればまだ良かったものを』って……）

つまりエノーラの顔は見るに堪えないほど不細工ということだろう。

母は美人だったらしいから、きっと自分は父親似なのだ。

「あ、あの、似合ってもいないのに、こんな素敵な格好をして申し訳ございません……！

お目汚しをしてしまって……！」

穴があったら入りたい気持ちで、エノーラは自分の顔を隠すように両手で覆った。

すると「旦那様！」と小声で叱咤するような男性の囁き声が聞こえて、次にゴホンという
エルネストの咳払いが聞こえてきた。

「……いや、とてもよく似合っている。あまりに可愛らしかったので、驚いただけだ」

「えっ……！」

可愛い、の言葉に、エノーラの胸が喜びで膨らむ。

咄嗟にパッと顔を上げると、エルネストの美しい新緑色の瞳と目が合った。

エノーラがまっすぐに見つめ返すと、彼は一瞬驚いたように目を見張ったけれど、すぐ
に柔らかく微笑んでくれた。

「に、似合っていますか？　本当ですか？」

「ああ」

「う、嬉しいです……！　私、一度でいいから、こんなお姫様みたいな服を着てみたいと

思っていたのです！」

「お姫様……？」

エノーラの感激の言葉に、エルネストが怪訝な表情で首を捻ったが、隣に立つ年配の男性が首を小さく振るのを見て、それ以上は言わなかった。

代わりにもう一度軽く咳払いをすると、エノーラに向かって手招きをして自分の傍に来るように示す。

言われた通り近づいていくと、エルネストは「ちょっと触れるぞ」と前置きしてからエノーラの髪を一房指で摘《つま》んだ。

「これは……鬘《かつら》ではないな。ではこの髪の色が地毛というわけか」

「あ、はい。今までは薬草で作った染め粉で黒くしていたのです。ツキクレナイノキはよく染まりますが、水ですぐ落ちてしまうのが難点です」

「なぜ、わざわざ黒く染めていた？」

眉根を寄せて訊ねられ、エノーラは一度瞼を閉じる。

頭の中に、また祖母の声が蘇りそうになったからだ。

(……大丈夫です。おばあさんはもういないし、エルネストさんがいます)

あの森から——孤独から解き放ってくれた人が、ここにいるのだ。また囚われそうになっても、きっと彼が引っ張り上げてくれる。何も心配しなくていい。

深呼吸してから再び目を開くと、エルネストが心配そうにこちらを覗き込んでいた。

「どうした？　気分が悪いのか？」

（……ほら、エルネストさんの傍にいれば、絶対に大丈夫）

エルネストは不思議な人だ。彼に心配してもらえている——その事実だけで、エノーラは胸の奥から勇気が湧いてくるのだから。

「……いいえ。おばあさんの声が頭の中に響きそうになっただけです」

エノーラが事実をそのまま述べると、エルネストはなぜか痛ましげに表情を歪ませた。

「魔女の声か」

「はい。髪を染めていたのは、おばあさんとの約束だったからです」

その答えに、エルネストは唇を引き結んだ。

「……また、『約束』か。森を出るなと言ったり、髪を染めろと言ったり、『森の魔女』は不可解な約束をさせたものだな。何の意味があってこんな約束を君に強要していたんだ？」

苦々しい物言いから彼の不快感が伝わってきて、エノーラは少し慌ててしまう。人が怒るのが苦手だ。心の底がヒヤッとして、どうしていいか分からなくなる。

「あ、あの……ごめんなさい。それは私にも分からないのです……」

オロオロと謝ると、エルネストは首を横に振った。

「君が謝ることなど何もない」

そう言う彼の口調はまだ硬いままだ。

「で、でも、エルネストさん、怒っています……」

つい心のままに言ってしまって、エノーラは慌てて自分の口を覆う。いつもこれで祖母をさらに激怒させていたのに、どうして自分は学ばないのだろうか。

エルネストにも怒られてしまう、と思ったのに、彼は驚いたように自分の口を手で覆っていた。偶然にもお互いに同じ仕草をしていて、妙な沈黙が流れた後、エルネストが小さく噴き出した。

「フハハ！　まるで鏡みたいだったな！」

先ほどの硬い声とは打って変わった明るい声が部屋に響き、エルネストが顔をくしゃくしゃにして笑った。

その笑顔があまりに素敵で、エノーラは返事をするのも忘れて、食い入るように彼を見つめる。きれいな顔をしているのに、思い切り笑うものだから、目元に小さな笑い皺ができている。それが酷く色っぽいと思った。

エノーラがぼうっと見つめていると、やがてひとしきり笑い終えたのか、エルネストはふぅと息をついてエノーラの頭にポンと手を置く。

「怖い声を出したよな、悪かった。……俺が怒っているとしたら、君のおばあさんに対してだ」

「……おばあさんに、ですか？」

ここにいない人のことを言われ、目をパチパチとさせながら首を捻った。

エルネストは祖母に会ったこともないのに、どうして腹を立てるのだろうか。

「理由も教えられずそんな理不尽を強要するなんて、血の繋がった孫だからといって許されて良いはずがない」

「理不尽……」

意味は知っている。道理に適わないことだ。

エノーラにとって、祖母の言うことが道理だった。だから理不尽を強要されたとは思っていない。だがこれをどう説明すればいいだろうか。頭の中で考えながら、エノーラはゆっくりと言葉を紡いだ。

「……理不尽、をしているのは……多分、私なのです」

エノーラの言葉に、エルネストが目を丸くする。

「どういう意味だ？」

「おばあさんは説明してくれることはなかったけれど、『するな』と言われたことをやった時、私は怪我をしたり、毒草でかぶれたり、獣に襲われそうになりました。おばあさんは言わないだけで、あの『約束』にも何か意味があるのだと思います。だから、おばあさんの言っていたことは理不尽ではありません。理不尽なのは……道理に適っていないことをやっているのは、私なのです」

祖母は頭の良い人だったし、無駄が大嫌いだった。だから意味がないことはしないし、その言動には必ず意味があるはずだ。

「――おばあさんが正しいのだろうと分かっていても、私は森を出たかったのです。もう、独りぼっちは嫌だったから。森は……独りは、とても寂しくて、退屈で、うんざりしていました」

だから、これが理不尽な行動であったとしても、後悔はない。

キッパリと言いきると、エルネストがまた笑い声を上げた。

「ハハハハハハ！　これはいい！　理不尽であっても後悔はないか。勇者のような物言いじゃないか。気に入った！」

何がおかしかったのかはさっぱり分からないが、エルネストは実に愉快そうだ。

だが彼に気に入ってもらえたなら、エノーラはとても嬉しい。

「え、えへへ……」

にへら、と笑っていると、エルネストが頭にのせた手を掻き回し、エノーラの髪をぐしゃぐしゃにしながら言った。

「エノーラ、君がやりたいこと、全部やってみろ。人を殺すことと、傷つけること、人から盗むこと以外なら、全部俺が許してやる。たとえ君のおばあさんが許さなくとも、俺が全責任を持ってやる。だから思う存分、人生を楽しむといい！」

晴れやかなその表情に、エノーラの心臓が「ギュン！」とものすごい音を立てて軋む。

（――？　な、なんでしょう、この音は……？）

ドッドッドッドッドと胸の中で暴れ回る鼓動に不安を覚えつつ、エノーラは「ありがとうございます」と礼を言った。

全責任を持ってやる、とはどういう意味なのか、具体的にはよく分からない。だがエノーラを森から連れ出してくれた時も似たようなことを言っていたから、保護者になってくれるということなのだろう。

（外の人とは、こんなにも親切にしてくれるものなのでしょうか……？）

森の外の世界を知らないエノーラには分からないけれど、エルネストは大変親切な部類の人なのではないだろうか。

「……どうして、そこまでしてくださるのですか？」

心の中に湧いてきた質問をそのまま口にすると、エルネストは凜々しい眉毛をヒョイと上げた。

「天涯孤独な子どもがいたら、手を差し伸べることにしている。俺も昔、兄に救われたんだ。それと同じことをしているだけだ。だから、恩を着せられると心配しなくてもいいぞ」

「……あの、恩に着せていただいてもいいです」

森から連れ出してくれただけでなく、こんなお城のようなところに連れてきてくれた。そしてたくさんの人に会って、話をした。今日だけでエノーラがやってみたかったことがたくさん叶ってしまった。

エルネストがいなければ、今頃は森の家の隅の寝床で独りぼっちで蹲《うずくま》り、朝が来るのを待っていただろう。

だから、そのお返しにできることをしたい……そう思った。

エノーラの心からの言葉を、しかしエルネストは軽く笑い飛ばす。

「おいおい、まだ何もしていないのに、もうそんなことを言っているのか。そういうことは、せめてもっとしてもらってから言うもんだ」

「もっと、って……」

「勉強をしたいと言っていただろう？　あとはダンスだったか？　このランセルは数学が得意だから教えてもらうといい。他にも、歴史や科学、文学も面白いぞ。他の教科は、良い教師を見つけてやろう」

勉強、の言葉に、エノーラはパァッと表情を輝かせる。

「本当ですか！」

ずっと勉強をしたいと思っていた。エノーラは森の中のことしか知らない。だけど、本当はもっとたくさんのことを知りたかった。知識になりそうな、祖母の本棚にある本は片っ端から読んで記憶したし、絵本だって擦り切れるほど読んだ。だが祖母が持っているのは薬草学や医学に関する書物ばかりだったから、ずっと不満だったのだ。

「う、嬉しいです！　いつから……いつから勉強ができますか？」

エルネストに詰め寄るようにして訊くと、彼はちょっと困ったように笑った。

「いや、まだ教師を見つけてもいないから、すぐにってわけにはいかないが……数学に関しては明日にでもランセルが時間を作ってくれるだろう」

言いながら、エルネストは背後に控えるようにして立っている年配の男性を指す。ランセルと言われた男性は、こちらに向かってペコリと頭を下げてくれたので、エノーラも慌てて同じように辞儀を返した。

「あとは、うちにも図書室があって本がたくさん揃ってる。字が読めるなら、そこの本を読んでみるといい」

「本が……たくさんあるのですか……！」

なんだそれは。天国か。

(本がたくさんあるなんて……どんな本があるのでしょうか⁉　絵本ももっとたくさん読んでみたいですし、星についての本も読んでみたいです……！　薬以外の物の作り方の本にも興味がありますし……ああ、そうです、『神様』についての本も読んでみたいと思っていたのでした……！）

絵本の中には、人ではない絶対的な存在として『神様』も登場していた。幼いエノーラはそれが何か分からなかったので祖母に訊いてみたのだが、なぜか訊いた途端、激怒したので何も聞けなかった。虫の居所が悪かったのかもしれない。……というか、祖母の虫の居所が良いことはあまりなかったから仕方ない。

これまで疑問に思っていたけれど知り得なかった多くの答えを得られるかもしれない、と思うだけで、心がワクワクと逸《はや》った。

――いや、ワクワクを通り越して、ドキドキと心臓が高鳴り始める。

「……分かっていると思うが、本は食えないぞ……？」

いくら物知らずのエノーラでも、それくらいは知っている。

ちょっとムッと口を尖らせかけた途端、グゥウウウウ！　と勢いよくエノーラのお腹が鳴った。

しばしの沈黙の後、エノーラはお腹を押さえて情けない声を出す。

今日は獲物が獲れなかったので、朝から乾燥パンを一つと、昼にエビヅルの実を食べただけだった。エビヅルの味は甘酸っぱくて美味しかったが、果物だけだとやはりお腹にたまらないから、今日はずっとお腹が空いていたのだ。

「分かっていますが……お腹が空きました……」

「……そのようだな。そういえば、夕食がまだだったな……」

　エルネストはそう呟くと、執事に視線で指示を送った。ランセルは心得たように頷くと、速やかに部屋を出ていく。

　背筋の伸びたその後ろ姿を見送っていると、「ところで」とエルネストが言ったので、エノーラは慌てて彼の方に向き直る。すると彼は、まっすぐにこちらを見つめていた。

　先ほどとは違うとても真面目な雰囲気に、エノーラは少し居住まいを正した。

「はい」

「君のネックレスについて、訊いてもいいだろうか」

　言われて、エノーラは思わずドレスのポケットを押さえた。布越しに掌に感じるのは、硬質な金属の感触だ。これは指輪だ。母がエノーラに遺してくれた、祖母も知らないエノーラだけの秘密の指輪なのだ。

　それなのに、風呂に入った時にクララに見られてしまったから、内緒にしてほしいとお願いしていた。

「あ……クララさんに聞いたのですか？」

　少し恨みがましい声になってしまったが、あの時クララは困ったように笑っただけで、約束はしてくれなかった。

「クララはうちの使用人だ。この屋敷内で起きたことは、主人である俺に報告の義務がある。彼女を責めないでやってくれ」

「……はい」

(なるほど……。エルネストさんはこのお城……ではなくて、お屋敷のご主人様で、クラさんは使用人、ということなのですね。では先ほどのランセルさんもそうなのでしょうか……)

　このお屋敷の人たちの関係性を頭の中に叩き込んでいると、大きな手が目の前に差し出された。

「……？」

　その意図が分からず首を傾げると、エルネストが言った。

「そのネックレスに付いている指輪を、俺に見せてくれないか？」

「……！　だ、だめです！　これは差し上げられません！」

　エノーラはギョッとして、指輪を握り締めていた手に力を込める。

　この指輪が高価な物であることは、ピカピカと光る金属で、錆《さ》びないことから分かっていた。おそらく金でできているのだ。

　親切の対価にこれが欲しいということなのだろうか。

　だとしても、この指輪だけは譲れない。

　指輪の話を出した途端、警戒心を剝き出しにしたエノーラに、エルネストは面食らったような表情になった。

「いや、何も奪おうというわけじゃない。ただ見せてほしいと言っているんだ」

「と、取りませんか？　本当に？」

エルネストのことは信用してもいいと思いながらも、確かめずにいられなかったのは、この指輪がエノーラにとって唯一無二のものだからだ。

毛を逆立てた仔猫のようなエノーラの様子に、エルネストは口の端を曲げて思案顔になる。

「――一つ確認しておきたい。その指輪は、盗品ではないな？」

「……ッ!?　ち、違います　これは私のお母さんが死ぬ前に、娘の私にこっそりと遺してくれた、唯一の物なのです！」

どうやらとんでもない疑いをかけられていたらしい。

エノーラが仰天して叫ぶように言うと、エルネストは「ふむ」と顎に手をやった。

「君のお母さんが？　こっそりと、というのはどういう意味だ？」

「……これは、亡くなったお母さんが、おばあさんに内緒にするために、私にしか分からない方法で遺してくれたのです。この指輪は多分、金でできていて……おばあさんが知れば、売ってお金に換えてしまうだろうと、お母さんは分かっていたのだと思います」

この指輪は、森の中にある一番大きなブナの樹洞《じゅどう》の中に隠されていたものだ。どうしてそこに指輪があると分かったかといえば、母の遺してくれた絵本に小さな落書きがあることに気づいたのがきっかけだ。

母の絵本は一巻から二十巻まであって、それぞれにいろんな国のお伽話が七話ずつ綴《つづ》られているのだが、面白いことに巻ごとに難易度が設定されていた。一巻は字を覚えたての幼児でも読めるごく簡単なもの、巻数を追うごとに徐々に言語の難易度は高くなっていき、二十巻を読む頃にはこの国の言語はマスターできるようになっている、というものだったのだ。

母の落書きは十五冊目の半ばに書かれてあった。

『愛するエノーラ。
森で一番大きなブナの木のウロを探しなさい。
そこには、あなたのお父さんが、お母さんにくれた指輪があります。
その指輪を、あなたに譲りたいのです。どうか、大事にしてね。
おばあさんには内緒で行くのよ。
見つかったら、取られてしまうでしょうからね。
世界で一番、あなたを愛しているわ。

あなたのお母さんより』

言うまでもなく、落書きは母からの手紙だった。

この手紙を見つけた時エノーラは十歳になっていて、もう自分で考えて行動できる年齢になっていた。それを見越してあの絵本を用意していたのだ。

祖母は普段から、亡くなった娘の遺品には一切触れない人だったから、絵本を広げたこともなかったのだろう。よく「勝手に死んでエノーラを自分に押し付けたバカ娘」と罵《のの》っていたから、娘が死んでも尚、腹を立て続けていたのかもしれない。

手紙に記されていた通り、森で一番大きいブナの樹洞に、この指輪は隠されていた。

樹洞は高い位置にできた比較的小さいもので、確かにこの高さにあるものなら、木に登れない祖母の目には入ることはないだろうと、母の賢さに感動したものだ。

樹洞には小動物や虫が棲みつくため、なくなっているのではないかと不安だったが、ウロの内側には虫や動物の嫌う薬草の粉末が入った石灰塗料が塗られており、無事に指輪を発見することができたのだ。

エノーラが長い説明を終えると、エルネストは感心したように頷いて言った。

「君のお母さんはずいぶんと賢い人だったんだな」

「エルネストさんも、そう思いますか？」

母を褒められると嬉しい。自分を産んですぐ亡くなってしまったけれど、エノーラを「世界で一番愛している」と手紙で伝えてくれた。誰かから愛されていると思うだけで、心がポカポカと温かくなる。だからエノーラは、知らない人だけれど、母が大好きだった。

ニコニコするエノーラに、エルネストはうん、とまた頷いた。

「賢くなければできないだろう、そんなこと。君が今その指輪を受け取っていることが、その証拠だ」

「そうですよね？　私のお母さんは、とっても賢い人だったのです！」

同意してくれたことが嬉しくて堪らず、エノーラはエルネストの手を取って両手でぎゅっと握った。

いきなり手を握られたエルネストは、なすがままになりながらも「え……は？」と少し狼狽えたような顔をしている。

「あの、お母さんを褒めてくださってありがとうございます。お母さんを褒めてくださる方は、きっと私の指輪を取ったりなさらないと思います。だから、お見せしますね」

笑顔でそう伝えると、エルネストは片手で額を押さえて天を仰いだ。

「……おい、その程度のことで人を簡単に信用するな……」

「え？」

「……いや、いい。だが、いいか。俺のことは信用していいが、他の者をそう易々と信用するなよ。本当に危なっかしい娘だな、君は」

エルネストはなぜか叱るように言ってきたが、エノーラが差し出す指輪には「ありがとう」と礼を言って受け取った。

（わぁ……あの指輪、とても大きくて重たいと思っていたのに……エルネストさんが持つと、小さく見えます）

指輪はサイズが大きくて、エノーラの親指でもスルリと抜けてしまう。金でできているからとても重たいし、エノーラには残念だがあまり似合う代物ではない。

だが彼の大きな手の中では、とてもしっくりと収まっている。

それが羨ましくて、エノーラは思わずじっとその様子を見つめてしまった。

するとその視線に気づいたのか、指輪を引っくり返したり灯りに透かしてみたりしていたエルネストが、手を止めて苦く笑う。

「そんなに見つめなくとも、ちゃんと返すよ。ホラ」

そう言って指輪をエノーラの掌にポンと戻してくれた。

「あ、ありがとうございます……」

金属特有のずっしりとした重みに、エノーラはホッと息を吐いた。

この指輪を身につけ始めたのは、祖母が亡くなってからだったが、それでも肌身離さず持っていたせいか、離してしまうと落ち着かないらしい。

再びチェーンに通して首にかけると、その様子を見ていたエルネストが口を開いた。

「君の父親は、貴族かもしれないな」

「え？」

唐突に父親の話になって、エノーラは目を瞬く。

エルネストは考え込むようにして腕を組み、部屋の中を歩き出した。

「その指輪はシグネットリングと言って、家紋や職業の紋を彫った印章になっているんだ。貴族や、あるいは何らかの役職にある者が、その権威と責任を証明するために用いる」

言いながら、エルネストはチェストの引き出しを開け、そこから何かを取り出してエノーラのところに戻ってきた。

「ホラ。これが俺のシグネットリングだ。君のとデザインは違うが、似たような作りだろう？」

手渡されたのは太く重い白金の指輪だった。最も出っ張った部分に彫り物がされていて、確かにエノーラの指輪と作りがよく似ている。

「これは、獅子と、剣？　ですか？」

エルネストの指輪に彫り込まれた柄を見て訊ねると、彼は「ああ」と少し皮肉げな笑みを浮かべた。

「俺は軍職に就いていたことがあったからな。意匠はその名残《なごり》みたいなものだ」

「ああ、なるほど……！」

軍職、と言われてエノーラは納得した。エルネストの鍛え上げられた肉体は、確かに戦士のものだと森でも感じていたのだ。

「君の意匠は、盾のような五角形に、丸が七つ……何かのデフォルメなのだろうが……。すまないが、俺は貴族の家紋にはそこまで詳しくなくてな。自分と関わりのある家なら分かるのだが、他はちょっと分かりかねる。今度調べておこう」

「はあ……」

エルネストは明るい声で言ってくれたが、調べておこう、と言われても、エノーラには何のために調べるのかピンと来なくて首を捻ってしまった。

曖昧な返事に、エルネストも同じように首を捻る。

「……父親が誰か知りたくはないのか？」

そう訊ねられて、エノーラは「ああ、そういうことですか」と頷くと、キッパリと頭を横に振った。

「特に知りたいと思ったことはありません」

「えっ？　そうなのか？　自分の父親だぞ？　それに、指輪を大事にしているようだったが……」

エノーラの返事が意外だったらしく、エルネストが目を見開いてこちらを見る。

だがエノーラにしてみれば、そんなに驚かれる方が意外だった。なにしろ、エノーラにとってはまったく知らない他人でしかないのだから。

温もりを感じさせるような言葉や物を遺してくれた「母親」と違い、「父親」はエノーラにその気配すら感じさせない存在だった。そのせいか、ほとんど関心が湧かない。

それだけではなく、祖母は「父親」を蛇蝎《だかつ》のごとく嫌っていたようで、「父」と一言でも発すれば機嫌が急降下してしまって大変だった。つまり「父親」は呪いのような存在で、触ってはいけないものだったのだ。

「私がこの指輪を大事にしているのは、父親の物だったからではなく、お母さんが手を尽くしてまで私に遺そうとしてくれた物だからです」

「だが……君のお母さんは、君とお父さんを引き合わせたくて指輪を遺したのでは？」

エノーラの言葉に納得がいかないのか、エルネストが食い下がってくる。彼にそう言われると、「なるほど、そうかもしれない」と思ってしまうから不思議だ。

エノーラはしばし逡巡した後、こくりと頷いた。

「……なるほど、そういう考えもできますね」

「そ、そうか。では、君のシグネットリングの家紋を調べておくということでいいか？」

「はい。お願いします」

こうして話がついたちょうどその時、部屋にノックの音が響いて執事のランセルが現れた。

「ご歓談中失礼いたします。お食事の準備が整いました」

食事、と聞いて、エノーラのお腹がまた大きな音を立てる。

それにブハッと噴き出したエルネストが、笑いながらエノーラの背中を押してドアへと誘う。

「さあ、お待ちかねの食事だぞ。行こう」

「はいっ！」

食事の誘いを断るわけがない。

もちろん満面の笑みで元気良く返事をしたエノーラに、エルネストの軽快な笑い声が響いたのだった。

第三章　嫉妬

「エノーラ様！　エノーラお嬢様！　どちらにおいでですか？」

自分を探すクララの声が聞こえて、エノーラは本のページを捲《めく》る手を止めた。

ふと窓の外を見ると、日が暮れ始めていて、庭の木々が薄闇に包まれている。

（いけない。またうっかり読み耽《ふけ》ってしまったみたいです……！）

本を読み始めると、時間を忘れて没頭してしまうのだ。

今日は午後から授業がなかったので、図書室で読書をすることにしたのだが、気がつけば五時間以上読んでいたことなる。

クララには図書室にいると伝えてあったが、ここは図書室でも奥の方の本棚だから、見つけられないでいるのかもしれない。

エノーラは慌てて本を閉じて大きな声で言った。

「クララ、私はここです。ここにいますよ！」

すると気づいてくれたのか、クララの足音が聞こえる。といっても、ごく微かな音だ。

このお屋敷に勤めている人たちは、みんなとても上品な歩き方をする。そう教育されているのだ。

(足音を立ててはいけないなんて……まるで狩りの時みたいです)

狩りの時には足音どころか、吐息や衣擦れの音もさせないように注意する。そうしなければ、獲物に逃げられてしまうからだ。

だが狩りもしないのに足音を立てないようにするなんて、どんな意味があるのか。

礼儀作法《マナー》の教師に訊ねてみたところ、物音を立てずに動くのが『上品』とされるのだと教えてくれた。

「まあ、エノーラ様。こんなところにいらっしゃったのですね」

本棚の向こうから顔を覗かせたのは、やはりクララだった。手には暖かそうなウールのショールがあり、それを広げてエノーラの肩にかけてくれた。

「日が落ちると気温が下がりますから、お寒かったでしょう？」

優しい言葉をかけられて、エノーラは心が膨らむのを感じる。肩にかけられたショールはふわっと暖かく、自分の身体が冷えていることに気がついた。

「ありがとうございます」

礼を言うと、クララはにっこりと微笑んでくれる。

その優しい笑顔を見ると、エノーラは大声で叫び出したい気持ちになってしまった。

(……でも、ダメです。大声で叫ぶのは、はしたないことだから……)

これも礼儀作法の教師が言っていたことだ。察するに、こちらの世界では大きな音を立てることは下品とされるのだろう。

(この世界は、とても不思議……)

エノーラはクララの微笑みを見つめながら思う。

こちらの世界では、人は優しく、穏やかで、温かい。

人間というものを祖母でしか知らなかったエノーラは、自分に微笑みを向けられることが、これほど嬉しいことだとは知らなかった。そして何か失敗をしても、怒られないどころか、こちらの身を案じてもらえるのだから、本当に驚きだ。

クララだけではない。この屋敷にいる人間は皆親切で優しく、エノーラの失敗を怒ったことが一度もない。

(私は失敗してばかりなのに……)

今だって、時間を忘れて読書に没頭してしまったのに、クララは怒らないどころか、「寒かったでしょう」と心配してショールまでかけてくれた。

「クララはどうして、そんなに優しいのですか?」

不思議に思って訊ねると、クララはキョトンとした表情になる。

「わたくしが優しい、ですか? まあ、恐縮ですわ。ですが、わたくしはそれほど優しい性格ではございませんよ」

うふふふ、と含み笑いをするクララだったが、エノーラは首を捻るばかりだ。

「クララは優しいです。今だって、おばあさんだったら、私に三発ぐらいゲンコツをお見舞いしていたと思います」

エノーラが言うと、クララがギョッとした顔になった。

「ええっ？　今、ですか？　ゲンコツをお見舞いされるようなことを、何かなさっておられましたか？」

「時間を忘れて寒い図書室で読書に没頭していました。そのせいで身体を冷やしてしまいましたから」

クララは怪訝そうに眉根を寄せる。

「それのどこにゲンコツをされる理由が……？」

「身体を冷やして風邪をひけば、おばあさんが私の看病をしなくてはなりません。お客様に売るための薬を私に飲ませなくてはならなくなるし、なによりおばあさんの貴重な時間を浪費させることになりますから」

エノーラの説明に、クララはあんぐりと口を開いた。

「そんな……それは、ずいぶんと厳しい教育、ですね……」

クララの声にはわずかな憐憫《れんびん》の色が含まれていて、エノーラは少し首を傾げる。確かに、この優しい世界では、祖母の教育は厳しいと感じるかもしれない。

「……そうですね。祖母は厳しい人でした。けれど多分、間違った教育ではなかったのです。森の中では自己管理がしっかりできないと、死ぬことになりますから」

エノーラの言葉に、クララはハッとしたような表情になって頷いた。

「なるほど。おばあさまは、エノーラ様が森の中で生きていくために必要な教育をなさっておられたのですね」

そうですね、と首肯しながらも、エノーラの頭に掠めるのは一つの疑問だ。

（——そう。おばあさんの教育は、『私が森の中で生きていくため』のものでした）

祖母がエノーラに厳しい教育を施していたのは、気難しい上に癇癪《かんしゃく》持ちの彼女の性格ゆえという点も大いにある。だが、小さな子ども相手に自己管理を徹底させるという教育は、する方も相当に骨が折れたはずだ。実際にエノーラは言いつけを守れなかったり、狩猟や採集のやり方を習得するのに何度も失敗し、祖母の手を煩わせてきた。祖母にしてみれば、エノーラに教えるよりも自分でやった方が早いことが山のようにあったに違いない。

それなのに、祖母は怒ったり叩いたりしながらも、エノーラに教えることをやめなかった。それは全て、エノーラが森の中で生きることを想定していたからだ。

（そこまでして、なぜおばあさんは私を森の中に閉じ込めておこうとしたのでしょうか……？）

『髪を染めること』

『森を出ないこと』

祖母が課したこの不可解な約束の意味を、エノーラは最近改めて振り返っている。

（おばあさん、私は森の外に出ました。髪も、もう染めていません。おばあさんは、なぜ私にあんな約束をさせたのですか……？）

小さな頃は、約束を破ったら恐ろしいことが起こる、となんとなく予想していた。祖母の言いつけを破れば、いつも怪我をしたり、あるいはゲンコツが飛んできたからだ。

だがあれほど厳しく言いつけられていた約束を二つとも破ったのに、恐ろしいことが起こるどころか、今エノーラはとても幸福だった。

（このお屋敷の皆さんは、本当によくしてくださっています……。毎日清潔な衣服を身につけられて、お腹いっぱいご飯を食べられるし、たくさんの先生たちからいろんなことを教えていただける。こんなに幸福でいいのでしょうか……）

森の外の世界へ出てきてから二ヶ月が経とうとしていた。

エルネストに拾われ、彼の屋敷で貴族の令嬢としての教育を受けている。

エルネストは常識を知らないエノーラに、たくさんの家庭教師をつけてくれた。礼儀作法、数学、科学、歴史学、語学、音楽――どの学問も大変面白く、エノーラは授業が大好きだ。意欲的に学ぶエノーラに、教師たちは皆親切で、質問をしても怒らないし、分からない箇所は根気よく丁寧に指導してくれる。祖母には質問したりすればゲンコツが飛んできたので、怒られないことに感動したものだ。

「エノーラ様、そういえば、旦那様がお帰りになるそうですよ」

図書室から自室へ戻る途中、歩きながらクララが教えてくれた。

「えっ？　本当ですか！」

パッと顔を輝かせるエノーラに、クララが楽しそうにクスクスと笑う。

「ええ、本当です。先ほど執事長に教えていただきましたから。お戻りになられるのは、明日の夜になるということでしたよ」

「明日の夜ですか……！　ああ、どうしましょう、クララ。私、明日の夜が楽しみで、今夜は眠れないかもしれません……！」

真面目に相談したのに、クララは冗談だと思ったのか、まだクスクスと笑ったままだ。

「まあ、エノーラ様ったら。でも本当に久しぶりですものね。旦那様がお帰りになるのは」

「はい！　もう二ヶ月はお顔を見ていませんから……」

ため息をつきながら言って、エノーラは記憶の中のエルネストの顔を思い浮かべた。

端整な美貌に、美しい新緑色の瞳。橄欖石《ペリドット》のように輝く、あの目が好きだ。見ているだけでうっとりとしてしまう。それに、彼の低い声も好きだ。あの優しい口調で名前を呼ばれると、心が躍った。

「エルネスト様のお顔が早く見たいです」

目を閉じて頭の中のエルネストの姿にうっとりとしながら言うと、クララが「ふふふ」と笑った。

「きっと旦那様も、エノーラ様にお会いするのを楽しみにしておられますよ」

「そ、そうでしょうか……？」

自分が会いたいと思うように、エルネストも自分に会いたいと思ってくれていたのだろうか。そんなことは思いもしなかったが、もしそうならとても嬉しい。

なぜか胸がドキドキしながら訊ねると、クララは「もちろんですとも！」と言ってくれた。

「それにしても、視察に二ヶ月もかかるなんて……。いつもならばこれほどかかりませんから、どうしたのかしら……。ラトランドで何か問題が起こっているのでなければいいのですが……」

心配そうに眉根を寄せるクララに、エノーラも「そうですね」と同意する。

エルネストはエノーラがこの屋敷に住むようになって間もなく、自領であるラトランド領の視察のために王都を離れていた。

こちらに引き取られてから知ったのだが、エルネストはただの貴族ではなく、王の異母弟であり、公爵であり、さらには元将軍で、この国の英雄と呼ばれるすごい人だったのだ。

公爵であるから当然ながら領地も持っていて、普段は王都にあるタウンハウスで生活しているが、年に数回ラトランドに戻るらしい。

『人嫌い』として有名でもあるエルネストは、かねてより田舎のラトランドに引っ込みたいと言っているそうだが、弟に絶大な信頼を置く兄王から止められているのだとか。

領地の視察に戻った時も、兄王から「ちょっと来てくれ」と呼び出されてしまうため、あまり長くは滞在できないのだと、以前執事長のランセルが教えてくれた。

(……そんなすごい人に拾ってもらえたなんて……)

今更だが、エノーラは自分の幸運に驚いている。

森の中にいた頃とは違い、今のエノーラにはこちら側の常識がある。これも全て、エルネストがつけてくれた優秀な家庭教師陣と、この屋敷の人たちのおかげなのだが、ともあれエルネストがこの国でどういう立場の人なのかを、もうちゃんと理解できている。

王弟で、公爵で、元将軍で、戦争の英雄――エノーラが読んでいた絵本の中の主人公の役を、全て一人でできてしまうほどのステータスではあるまいか。

絵本の中のお姫様だって、こんなすごい人には出会えていなかった。

(私は絵本のお姫様よりも幸運なのかもしれません……)

だが大事なのは、エルネストという類い稀なる人に出会えた己の幸運ではなく、そのエルネストが自分にしてくれたことだ。彼は祖母との約束という呪縛からエノーラを解き放ってくれただけなく、己の屋敷で養いながら、森の外で生きるための術を学ばせてくれている。

こちらの常識を学んだ今、自分につけてもらっている家庭教師たちにかかる費用が大変大きな金額であることは分かる。

自分で生きていけるようになったら返したいと思っているが、返しきれるかどうか心配なところである。

「クララ。私のような者が就ける職はどんなものがありますか？　できればたくさんお金を稼げる職がいいのですが……」

自室のドレッサーのチェアに腰掛けて訊ねると、思いがけない質問だったようで、クララは目を丸くしてこちらを見た。

「エノーラ様が、働くということですか？」

「はい。エルネスト様は私にたくさんの先生をつけてくださっています。そのお金を返さなくてはいけません。その他にも、ここに住まわせてくださっているお金も……。あの、全部でどのくらいの金額になるのか、ランセルさんに訊けば分かるでしょうか？」

だんだん不安になってきた。真剣な表情で考え込んでいると、クララがエノーラの手をそっと取ってぽんぽんと優しく叩いた。

「エノーラ様、そんなご心配はなさらなくてよろしいのですよ」

「え……？」

「エノーラ様は、旦那様の特別なお方ですから」

含みのある言い方に、エノーラは少し狼狽えながら首を傾げる。

なぜ含みのある言い方をしたのか、まったく分からなかったからだ。ついでに言えば、『特別なお方』の意味も分からない。

「え……？　ですが、私はエルネスト様の使用人ではありません。彼が私を養う義理も、まして家庭教師をつけて教育を施してくださる義務もないのです」

「もちろんですとも！　エノーラ様が使用人だなんて！」

クララは「とんでもない」と言わんばかりに顔を顰め、エノーラの手を両手で包み込むようにきゅっと握ってきた。

「わたくしどもは、エノーラ様が立派な淑女におなりになるまでお手伝いするように、と旦那様より仰せつかっております」

「淑女……」

確かに、エノーラは礼儀作法の教師から「正しい淑女の在り方」について学んでいる。

「はい。それはつまり、このお屋敷の女主人として相応しい淑女という意味だと、わたくしたちは捉えております」

「……女主人……」

女主人とはなんだっただろうか、と一瞬考えた後、意味が分かってエノーラはクララの顔を凝視してしまった。

「…………え？」

「ええ」

にっこりと頷かれても、という話である。

エノーラは混乱を極めながら、オロオロとクララと彼女に握られている自分の手を交互に見た。

「あ、あの、それはつまり、私が……エルネスト様の……」

「はい！　旦那様の奥様――すなわち、未来のラトランド公爵夫人になられるお方、ということです」

「えええぇ…………」

驚きすぎると、人は小さな悲鳴しか上げられないものだと、エノーラはこの時初めて知った。

吐息のようにか細い悲鳴に、クララは少ししょんぼりと眉を下げる。

「エノーラ様は、旦那様のことがお嫌いですか？」

ギョッとするようなことを言われ、エノーラは勢いよくブンブンと頭を左右に振った。

「まさか！　大好きです！　多分、この世界で一番好きな男性です！」

それは間違いなく嘘ではない。エノーラはエルネストが大好きだ。

孤独で寂しい森からエノーラを引っ張り出し、温もりと優しさのある世界へ導いてくれた人だ。彼の優しさと温情がなければ、今頃まだ髪にベタベタの染め粉を塗って、独り森を彷徨っていただろうと思うと、どれだけ感謝しても足りないくらいだ。

それに、エルネストは美しい。夜の闇のような漆黒の髪、整った美貌に、鮮やかな新緑色の瞳、引き締まった長軀――どれをとっても完璧で、彼はもしかしたら神様が創った『完璧な王子様』なのではないかと思うほどだ。

『――昔々、神様は思い立って、粘土を捏ねて〝全てにおいて最も優れている完璧な男性〟を創ってみました。その男性は王子として生を受け、賢く美しい若者へと成長しました。王様は、完璧な王子様には完璧な伴侶が必要だと思い、国中の未婚女性を招いて舞踏会を開きました。ところが、招かれていない未婚の女性が一人いたのです。それは、北の森に住む黒い魔女でした。魔女は除け者にされたことに怒り、手下の魔物を連れて舞踏会へと乗り込むと、完璧な王子様を攫い、悪い竜の住む塔に閉じ込めてしまいました』

というお話だ。村で一番不器量だけれど、牛よりも力の強い村娘が王子様を救い出し、王子様のお妃様になるという結末なのだが、きっとエルネストなら村娘の力を借りずとも、自力で魔女を倒すだろう。

（エルネストさんの方が『完璧』です）

「エルネスト様は、強く、美しく、優しく、正しくて……、私が一番尊敬している人なのです。だから、嫌いになることなんて一生ありません！」

思いの丈をぶつけるようにして言えば、クララはにっこりと微笑んだ。

「素晴らしいですわ！　それならば、旦那様との結婚にも何の問題もございません！」

「え？」

「貴族の場合、家同士の釣り合いや政略的な理由で結婚が決まることがほとんどですが、好き合う者、愛し合う者同士が結婚するのが一番ですもの。わたくしたち使用人は、皆旦那様には幸せな結婚をしていただきたいのです」

ニコニコと嬉しそうに言うクララに、エノーラは焦ってしまう。

「わ、私はエルネスト様のことが大好きです！　ですが、エルネスト様はそうではないのでは……？」

そう。エノーラが言いたいのはこれだ。クララは、エルネストがエノーラを妻として相応しい淑女に育てるために、この屋敷に住まわせていると考えているようだが、違うと思う。

なぜなら、エノーラはエルネストから「妻にしたい」なんて一度も言われたことはないし、なんなら「好き」とも「愛している」とも言われていない。

礼儀作法の先生から、結婚までにはたくさんの道のりと手順があると聞いている。まずは介添人《シャペロン》を介して挨拶し、自己紹介、その後介添人の許可を得てダンスをし、日中のデートの約束、そして男性が女性の家の家長（父ないし兄など）へ婚約の許可を取り、持参金などの話し合いがつけば、婚約発表、その後一年の交際期間を経て結婚――といった具合である。

成婚までにこんなにたくさんこなさねばならない事項があり、かつ時間もかかるのか、と最初に知った時には「貴族とはなんて面倒な生き物なのだろう」と呆然としたものだ。森の動物だったら、相手と番《つが》うのに一年もかけていたら絶滅してしまう。

ともあれ、エルネストとエノーラは、この結婚までにこなさねばならない事項を一つもクリアしていない。もしエルネストがエノーラと結婚したいと考えていたとしたら一つくらい何か動きを見せていてもいいはずだ。

「エルネスト様が、私と結婚したいと考えているとは思えません」

エノーラの主張に、クララは少し困惑したように頬に手を当てた。

「ですが……、そうすると、旦那様がエノーラ様にこれほど手厚い待遇をなさる理由が、他に思い当たらないのです」

「……！　た、確かに……」

クララに言われて、エノーラは納得してしまう。

エノーラは自分がエルネストからこれほど高待遇を受ける理由が分からないでいた。彼は「かつて自分も同じように救ってもらったからだ」と言っていたが、それにしてもここまでされる理由にはならないだろう。エルネストは慈善事業として孤児院も経営しており、多くの孤児が彼に救われているが、屋敷に住まわせ、たくさんの家庭教師をつけてもらっているのはエノーラただ一人なのだ。

（確かに、どう考えても私だけ特別扱いです……）

だからこそ、自分で働けるようになったらお金を返さなくてはと思っていたのだ。

「で、では……もしかして本当に、エルネスト様は私を妻にするために、ここまでしてくださっていたということなのでしょうか……？」

盛大に混乱しながらエノーラが呟くと、クララは「ええ」と笑顔で頷いた。

「少なくともわたくしたち使用人は皆、そのつもりでエノーラ様にお仕えしております」

「そ、そんな……」

お仕えされていたのか、と半ば呆然としたが、だからこの屋敷の人たちは皆、自分に敬称をつけて呼んでいたのか、などと思い当たる節もあった。

（てっきり『エノーラ様《レディ・エノーラ》』と呼ばれるのは、淑女教育の一環なのだと思っていました……）

まさかそんな理由だったなんて思いもしなかったが、クララの言うことにも一理ある。

本当に結婚相手だと思ってくれているかどうかはさておき、ここまでの高待遇を受ける理由が、エノーラにはない。だから、もしエルネストが単純に厚意でここまでしてくれているのならば、その見返りに自分に何ができるのか、彼と相談してみよう。

(これは、良い機会だったのかもしれません)

これまで自分が受けてきた恩に報いる方法は、他ならぬエルネスト本人と話し合うのが一番良いのだから。

「……エルネスト様に会うのが、楽しみです」

決意を込めて言ったエノーラに、クララはまたにっこりと微笑んだのだった。

＊＊＊

二ヶ月ぶりのタウンハウスの空気に、エルネストはホッとため息をついた。

馬から降りると、すぐさま馬丁《ばてい》のロンが手綱を引き受けてくれた。

「おかえりなさいませ、旦那様」

嗄《しわが》れた声には喜びが滲《にじ》んでいて、エルネストはふっと口元を緩める。自分で言うのもなんだが、貴族受けは悪いが使用人たちには人気がある主人のようで、しばらくぶりに顔を見せると皆こうして喜んでくれる。ありがたいものだ。

「ただいま、ロン。元気だったか？」

「元気ですとも！　旦那様もお元気そうでなによりでございます。きっと皆、お帰りを喜ぶことでしょう」

　ニコニコしながら述べる馬丁に、エルネストは「おや」と眉を上げる。

　この馬丁は馬の扱いはピカイチだが、少々気難しく口数が少ない。その彼がこれほどよく喋るとは、ずいぶんと珍しい。

「機嫌が良いようだな、ロン」

「それは旦那様がご無事でお戻りになられましたから！　ほら、早く行って差し上げてください！　きっと今か今かと首を長くしてお待ちですよ！」

　どうやら特定の誰かを指しているような物言いに首を捻りたくなったものの、ロンに「さあさあ」と促されて玄関へと向かう。

　扉の前には使用人たちが並んでいて、エルネストを見ると一斉に頭を下げて美しい礼を取った。

「おかえりなさいませ、旦那様。無事のお戻り、なによりでございます」

　皆の中心に立ったランセルに言われ、エルネストはうむりと首肯する。

「皆、息災か」

「はい。恙無《つつがな》く。皆、旦那様のお帰りを心待ちにしておりました。ラトランドの方はいかがでしたか」

「ああ、ティム川の領境にかかる橋が、老朽化して今にも落ちそうになっていたものでな。それを修復する段取りをしていたら、ずいぶん手間取った」

領地のラトランドと隣領のモントローズの間にはティム川という大きな川が流れている。その川にかかる橋は、両領が半分ずつ費用を出し合って修繕する決まりであるため、修復の全ての事項をモントローズと協議して決めねばならず、手間と時間が倍以上かかってしまったのだ。

「まったく、モントローズのごうつくばりが。金をケチることしか考えていないから、話がなかなか進まなくて大変だった」

「そうでしたか。お疲れ様でございました」

「いや、長く留守にしてすまなかったな」

「とんでもございません」

建物の中に入っても、使用人たちの行列は続いている。エルネストが通ると同時に頭を下げていく彼らを眺めながら広間《サルーン》へ足を踏み入れ、そういえば、とランセルを振り返った。

「エノーラはどうした？」

およそ二ヶ月前に森で拾った少女のことは、領地にいる間もずっと気になっていた。

なにしろ、目が離せない娘だ。森で育った上、祖母以外の人間を知らないから、常識がなく突飛な言動ばかりしていた。

とんでもなく身体能力が高く、高い樹にも猿のようにスルスルと登るし、バルコニーの柵の上にも平気で座る。一度など、屋敷の屋根の上で日向ぼっこをしていたこともあって、ランセルが腰を抜かしそうになっていた。

エノーラがいると、こういった事件は一度や二度ではない。

ほぼ毎日のように起こるのである。

（まったく、目を離せないにもほどがある……！）

彼女が来てからというもの、怒濤《どとう》のような勢いで毎日が過ぎていくのだが、おかしなことにエルネストはそれにうんざりするどころか、楽しんですらいた。

エノーラは不思議な娘だ。

常識がなく、奇想天外なことばかりしでかすくせに、なぜか彼女を憎めないのだ。

エノーラの行動は突飛だが、性格は至極真面目で素直だからだろうか。

だが、ただ素直なだけではない。エノーラは人の指摘に耳を傾けることができるが、闇雲にそれに従うのではなく、分析し理解し納得できるまで精査する能力を持っていた。

これをできるか否かで、その人の人生は大きく変わるとエルネストは思っている。

（芯が強い娘だ）

生まれてすぐ母を亡くしたり、祖母が変わり者だったりと、これまでは苦難の多い人生だっただろう。だがこの娘ならば己の幸福を己で決め、実りある生き方ができるはずだ。

エノーラには生来の芯の強さがあると感じたエルネストは、彼女の教育により一層力を入れることにした。

その結果判明したのは、エノーラは知的能力も非常に高いということだった。

まずは読み書きと簡単な計算をランセルに教えさせていたのだが、数日でランセルから「私にお教えできることは、これ以上はございません」と報告された。

聞けば、エノーラは海綿が水を吸うように知識を吸収するのだという。

元々足し算や引き算はできていたらしい。掛け算、割り算を教わると、ものの数時間で習得してしまい、その日のうちに五桁六桁の計算でも暗算できるようになったそうだ。

文字の読み書きに関しては、読むことは最初からできていたが、書いたことはなかったようだ。ペンと紙を使うのも初めてだったらしく、最初こそ力を入れすぎてペン先を潰してしまったり、インクをつけすぎて紙を台無しにしてしまったりと大変だったようだが、慣れてしまえばあっという間に美しい文字を書けるようになった。

『手先も大変器用でいらっしゃいます』

となぜか自慢げにランセルが報告していた。

そんなわけで早々に新たに言語、数学、歴史、科学などの教師をつけたのだが、皆口を揃えてエノーラの優秀さを褒め称えた。

（磨けば光る玉だったか……）

となれば、どこまで輝くのか、見てみたくなるのが人の性《さが》というものだろう。

エルネストは金に糸目をつけず、方々から優秀な教師陣を呼び寄せ、エノーラにつけた。

彼女はそれに応えるように熱心に学んでいて、その様子が実に活き活きと楽しそうなのがまた良い。

（領地の視察がなければ、ずっと見ていてやりたかったが……）

祖母以外で初めて触れ合った人間だったせいか、エノーラはエルネストに非常によく懐いていた。毎日夕食の時間にその日学んだことを報告してくれていたのだが、自分が姿を見せると分かりやすくパッと顔を輝かせる様子に、こちらも嬉しくなったものだ。

領地へ行くと言った時には、「私もエルネストさんと一緒に行ってはいけませんか？」と寂しそうに言われ、一瞬可哀想になって連れていこうかと考えてしまったほどだ。

さすがに連れていくことはしなかったが、まさか領地滞在がこれほど長引くとは思わなかったので、彼女がどうしているかとずっと心配していたのだ。

（あの子のことだ。俺が帰ったことを知れば、飛びついてきそうなものだが……）

どこにいるのだ、とキョロキョロしていると、背後でランセルの咳払いが聞こえた。

「旦那様、エノーラ様《レディ・エノーラ》が降りていらっしゃいます」

囁き声で教えられて、エルネストは咄嗟に二階へ繋がる階段へ視線をやる。

するとクララに付き添われて淑やかに階段を下りてくる貴婦人の姿があり、目を見張った。

清楚なデイドレスを身に纏《まと》った華奢な姿は、まるで妖精のように可憐だ。輝くような白金の髪を結い上げ、小さな輪郭が露わになっていて、その美貌が強調されている。形の良い鼻梁に、茱萸《ぐみ》の実のように赤い唇、理知的な眉の下には、紫水晶《アメジスト》の瞳が煌めいていた。

なによりもエルネストを驚かせたのは、彼女の所作だった。

まるで頭のてっぺんから糸で吊られているかのようにピンと伸びた背筋に、静かで優雅な足取り、階段の手摺りに添えられた指先まで典雅だ。

その姿は貴婦人そのもので、野生の獣のように駆け回っていたのが嘘のようだった。

「これは……驚いたな。本当にエノーラなのか？」

思わず出た感嘆に、エノーラが長い睫毛を揺らしてこちらを見る。その吸い込まれそうな紫の瞳と視線が重なり、心臓がドキリと音を立てた。

（……？）

己の心臓の不具合を訝しく思ったが、その前にエノーラが堪えきれないと言ったように表情を輝かせたので、エルネストはすぐにそのことを忘れた。

（ああ、エノーラの顔だ）

　自分を見て嬉しくて堪らないといった、仔犬のような無邪気な表情——エルネストの知るエノーラがいて、知らずホッと吐息を漏らした。

　エノーラはこちらに視線を当てたままソワソワとした様子になったが、それでもなんとか淑やかに階段を下り切ると、エルネストの前まで歩いてくる。そして完璧なカーテシーを披露し、「おかえりなさいませ、エルネスト様」と微笑んだ。

「ああ、ただいま、エノーラ。見違えたな。二ヶ月でこれほどの淑女になるとは……」

　エルネストが褒めると、エノーラは嬉しそうに目をキラキラさせたものの、ハッとしたように目を閉じて喜色を隠し、「ありがとうございます」と楚々《そそ》と答える。

　どうやら礼儀作法の授業で学んだことを実践してみせてくれているのだと分かり、エルネストは胸がほっこりとした。

（やはりエノーラはエノーラのままだ）

　先ほどはあまりにエノーラが面変わりしたように思えて驚いたが、こうして自分に良いところを見せようと頑張っている姿を見ると妙にホッとした。

「……これほど素敵なドレスを着せていただいたおかげです」

　頬を染めつつそんなことを言うエノーラに、エルネストはまたびっくりしてしまう。

（謙遜《けんそん》なんてことまで覚えたのか……！）

　領地へ向かう前までのエノーラは、相手の言うことを真正面から受け止めた会話しかできなかった。建前だとか、お世辞だとかを知らなかったのだ。

それが自分が留守にしていたたった二ヶ月で、人間の裏と表——建前と本音といったものまで習得できてしまうとは。

「なんてことだ。君は本当に賢いんだな、エノーラ」

以前ランセルも言っていたが、彼女は海綿が水を吸収するように、この世界の知識と常識を自分のものにしていっている。

エルネストの感嘆に、エノーラは少し戸惑ったように目を丸くした。

「そ、そんなことは……」

「いや、そんなことはあるんだ、エノーラ。君はまだこの屋敷から出たことがないから知らないだろうが、たった二ヶ月やそこらでここまで完璧な淑女の所作や、言動を身につけられる者はなかなかいない。素晴らしい才能だ」

エノーラを褒めていると、彼女の背後に立っていたクララの声が矢のように飛んできた。

「才能だけではございませんよ、旦那様！　エノーラ様は毎日毎日、それはそれは努力しておいでだったのです！　頑張っておられるからこそ、ここまで立派な淑女になられたのです！」

「そうですとも！　エノーラ様がどれほど頑張っておられたか、旦那様に見ていただきたいくらいです」

ランセルまでもが加わり、エノーラがいかに努力を重ねてきたのかを語られて、エルネストはタジタジになってしまった。

「お、そ、そうだな。ここまで淑女になれたのは、才能だけではなく、エノーラが努力を重ねたからだ。すまない」

両手を上げて謝ると、二人は満足したようでウンウンと頷いている。

「今のエノーラ様ならば、社交界でも他のご令嬢方と比べても遜色《そんしょく》はございません」

「いいえ、これだけの美しさ、賢さ、気品を兼ね備えた女性は、社交界の中にもおられないと思います」

まるで「うちの子が一番！」と言わんばかりの二人に、エルネストは苦笑を禁じ得なかった。どうやらこの屋敷の執事長とメイド長は、エノーラを孫娘か何かのように思ってしまっているらしい。

貴族の屋敷に雇われる使用人は、住み込みになるため未婚であり、結婚と同時に辞めるのが一般的だ。屋敷勤めの仕事は早朝から深夜に及ぶため、通いとなると物理的に困難が多いためだ。執事長やメイド長といった壮年の者たちは結婚を諦め、自分に仕えることを選んでくれたということになるだろう。

（俺が結婚しないせいで、この屋敷は小さな子どもとは無縁だからな……）

伴侶を持つことも、子どもを持つことも諦めた彼らにとって、エノーラは愛情を傾ける格好の対象となったようだ。

「そうだな。今のエノーラならばどこに出しても恥ずかしくない、立派な淑女だ」

エルネストがそう頷くと、周囲がワッと湧いて、拍手が起こった。

なんだなんだ、と目を瞬いていると、ランセルがしたり顔でサッと封筒を差し出してくる。

「旦那様ならそうおっしゃってくださると思っておりました。どうぞこちらからお選びくださいませ」

「選ぶ？　何をだ？」

何が何やら分からないままに封筒の一つを開いてみてみれば、それはエルネストへ宛てた夜会の招待状だった。念の為、他の封筒も開いてみたが、全て舞踊会やらガーデンパーティーやらの招待状だ。

英雄で王弟でもあるせいで、こういった招待状はひっきりなしに送られてくるが、エルネストはほとんど出席したことがない。

なぜならば、面倒臭いからである。エルネストは貴族の連中が嫌いである。顔を見せに来いと兄に言われて仕方なく出向く王宮ですら億劫《おっくう》なのに、なぜ会いたくもない連中のところにわざわざ行かなくてはならないのか。ついでに言えば、ああいった社交場に行けば、王族と縁続きになりたいがために、己の娘を宛てがおうとしてくる野心家どもが次々と寄ってくるのだ。考えただけで不愉快極まりない。行くわけがない。

「夜会？　こんなものをなぜ……」

うんざりとしながら招待状を握りつぶそうとした瞬間、耳元でランセルの囁き声がした。

「エノーラ様のためです！」

「――」

招待状を掴む手がピタリと止まる。

（なるほど。エノーラの社交界デビューか……）

貴族の令嬢の社交界デビューは、本来であれば国王主催の舞踏会であることが望ましい。舞踏会の前に国王に拝謁する儀式があり、それを終えて初めて大人の女性として認められるとされるからである。

とはいえ、それは単に不文律《ふぶんりつ》のようなものだ。国が戦禍に見舞われていた時期は当然ながら舞踏会を開く余裕などなかったため、現在では「国王主催の舞踏会で社交界デビュー」は単なる箔《はく》付けのようなものになっている。現在の社交界では、国王ではなく貴族の舞踏会でデビューした令嬢の数の方が多いのではないだろうか。

（……それにエノーラの出自はまだ明確ではないからな。貴族であると明確になっていない以上、国王主催の舞踏会に出すわけにはいかないだろう）

となれば、彼女の社交界デビューはそれ以外の催し物となる。

しかも、選民思想を持たず、穏健で公正、かつ政治的主義が偏っていない者が主催する会であることが望ましい。

エルネストは、手にしていたいくつかの招待状を改めて確かめ、フンと鼻を鳴らした。

（……どうやら、主催者を厳選してあるようだな）

さすがランセルといったところか。

チラリとエノーラの方を見ると、彼女はあまりよく分かっていないのだろう。キョトンとした顔をしながらも、エルネストの一挙一動を見逃さないようにしているのか、つぶらな紫の瞳でじっとこちらを窺っている。

（……こんな可愛い顔をされたら、いやとは言えないな）

エルネストは小さくため息をつくと、握りつぶそうとしていた招待状をランセルに返して言った。

「カーナーヴォン伯爵の夜会だ」

端的な返答に、ランセルはサッと頭を下げて「御意」と言い、クララをはじめとするメイドたちがパッと顔を輝かせた。

一人状況を分かっていない当人は、未だニコニコとしながらこちらを見つめていて、それがおかしくてエルネストは相合を崩す。

「これから忙しくなるぞ」

エルネストが言うと、エノーラは少し表情を曇らせた。

「……また、どこかへ行かれるのですか？」

どうやらエルネストが忙しくなると思ったらしい。そんなところも彼女らしくて、ふっと噴き出してしまいながら、「いいや」と首を横に振る。

「俺ではない。君が忙しくなるんだ」

「私が、ですか？」

「ああ。大変だろうが、うちの者たちがこんなにはしゃいでいるのは珍しい。どうか付き合ってやってくれ。……それに、君の父君を探す手掛かりも摑めるかもしれない」

「……私の、父……」

どこか曖昧な返事に、エルネストはまたもや苦笑を誘われた。

相変わらず、自分の父親への興味は薄いようだ。

だが今回、エルネストがエノーラを社交界に出したい一番の理由はそれだ。

彼女の持っていたシグネットリングの印章については、ずっとランセルに調査させており、領地にいた間にも報告書を受け取っていた。

その結果、この国のどの貴族のものとも合致しなかった。

となれば、国外の貴族、そして貴族以外へも調査の対象が広がってしまう。

五角形に丸が七つ——少々変わった意匠は、確かにこの国らしい華美さがない。この国の貴族の家紋には、動物や花、あるいは剣や盾といった、権威を主張する類の華々しいモチーフを使いがちだからだ。

（あの意匠はデフォルメされすぎていて、何を示しているのか分からない）

五角形は盾のようにも見えるが、建物のようでもあるし、意表をついて馬の蹄《ひづめ》であるかもしれない。丸は人を表しているのか、はたまた星座を表しているのか――。

（まあ、考えても正解は分からんしな）

意匠から父親を割り出せないのならば、人海戦術であたってみるしかない。

（社交界の中にはさまざまな思惑や情報が飛び交っている。エノーラの面差しを見て何か思い当たる者がいるかもしれない）

少々荒技ではあるが、彼女の髪と瞳の色が何かの手掛かりになる可能性にかけてみようというわけである。

エノーラの白金の髪に紫色の瞳という組み合わせは、この国では非常に珍しい特徴だ。大陸の南に位置するこの国では、髪の色も肌の色も比較的濃い者が多い。とはいえ陸続きの土地であるから、薄い色素の者ももちろん存在するが、やはり数は少ないのだ。

エノーラ自身は父親に興味はないようだが、エルネストとしては一度面倒を見ると約束した者を中途半端に放り出したくはなかった。ちゃんとした父親が存在するならば、そのもとへ届けてやるのが最も正当な道だろう。

とはいえ、その父親が碌でもない者であったなら、話は別だ。

大変遺憾ではあるが、貴族の男が平民の娘を慰み者にして捨てた、などという話は珍しくない。もしエノーラの父がそのような輩《やから》であったなら、彼女との縁を切り二度と関わらないことを約束させるつもりだ。

（その場合は、この俺が責任を持ってエノーラを幸せにする）

生まれた時から孤独と苦難の道を歩んできた彼女は、これから幸せになるべきだろう。

（どんなことがあっても、俺が君を守ろう）

決意を込めてエノーラに微笑みかけると、彼女ははにかんだ笑顔を浮かべた。

そんな表情もするようになったのか、と嬉しい驚きを覚えながら、エルネストは彼女に向かって肘《ひじ》を差し出す。

それがエスコートの体勢だと気づいたエノーラは、顔を輝かせてそこに自分の手をそっと添えた。

彼女の優雅な姿勢と手つきにエルネストは満足を覚えつつ、チラリと不快感のようなものが胸によぎる。

――この愛らしい姿を見れば、有象無象《うぞうむぞう》の男どもが蝿《はえ》のように寄って来るのでは……？

だが、エルネストはすぐにその不快感を胸の奥へと押しやった。

社交界とは本来そういうもので、エノーラに好ましい結婚相手が見つかることは良いことのはずだ。

（——俺がとやかく言うことではない）

グッと奥歯に力を込めると、エルネストはエノーラをエスコートしながら居間《パーラー》へと向かったのだった。

＊＊＊

カーナーヴォン伯爵の夜会は、エルネストが王都に戻った日から一週間後だった。

（……ど、怒濤のようでした……）

エルネストはタウンハウスに戻ってきた日に、カーナーヴォン伯爵という人の夜会にエノーラを連れて出席することを決めたらしく、以降エノーラは目まぐるしい日々を送ることになった。

衣装選び、ダンスの練習、礼儀作法の見直し、さらには貴族名鑑の暗記といった、夜会のための準備をしなくてはらなかったからだ。

勉強は苦ではなかったし、ダンスも得意分野なので問題なかったのだが、一番大変なのは衣装選びだった。

エルネストは友人だという仕立屋《テーラー》を屋敷に呼び、エノーラに次から次に衣装を着せては、ああでもないこうでもないと仕立屋と問答をしていた。

エノーラは百着は着せ替えられたような気がしていたが、クララが言うには二十八着だったそうだ。

なにしろ一週間という短い期間で用意しなくてはならず、既製品のドレスを部分的に修正するといった方法しかなかったのだが、エルネストはそれが気に食わなかったらしく、ずいぶんと仕立屋を困らせていたようだ。

それでもなんとか彼が納得するものを仕上げてもらったのだが、これがまるで女王様のドレスのようで、エノーラは感動してしまった。

『こんな美しいものを私が着ていいのでしょうか……!?』

女王様でも貴族の令嬢ですらない自分がこんな分不相応なドレスを着てはみすぼらしく見えてしまうのではないだろうか。

そう不安になって呟くと、エルネストは驚いた顔になった。

『君に似合う物を作らせたのに、君以外の誰が着ると言うんだ？』

『で、ですが、これほど素敵なドレス、私に着こなせるかどうか……』

完全に怖じ気づくエノーラにエルネストは大きな手でポンと肩を叩くと、真面目な表情で言った。

『これを着た君は、この国一美しい。俺が保証する』

そこまで言われて、無理だと言える者はいないだろう。

エノーラは自分を信じてドレスを作ってくれたエルネストに、絶対恥をかかせてはいけないと、夜会に備えてさらに勉強に力を入れたのだった。

そして夜会当日の今日、エノーラはクララによって午後から風呂に入れられた。身を清め、髪を洗った後、香油を全身に塗られ、時間をかけてマッサージをされる。香油はエノーラの好きなベルガモットの香りが付けられていて、それだけでうっとりとするほどだったが、クララのマッサージが大変気持ち良く、途中でうとうとしてしまった。

だが居眠りしている暇などなく、すぐに叩き起こされて次は髪を編まれ、化粧を施され、最後にドレスを着せられる。

このドレスを着るのが、また大ごとだった。コルセットでウエストを細く絞らなくてはならないからだ。

息が苦しいほどお腹を締め付けるという行為は、エノーラにしてみれば拷問でしかなかったが、クララが言うにはこのコルセットはまだ楽なものなのだそうだ。

「エノーラ様は元々大変細身でいらっしゃるので、コルセットも簡易的なもので十分ですから」

これよりも苦しいものがあるのか、とゾッとしてしまった。

世の中の貴婦人や令嬢といった人々は、日々この拷問に耐えているのだと思うと、その強靭な忍耐力に尊敬の念を抱く。

「大丈夫か、エノーラ」

馬車の中で黙り込んでいたエノーラに、エルネストが心配そうに声をかけてきた。

コルセットという苦難について考え込んでいたエノーラは、ハッとして顔を上げる。

「大丈夫です」

反射的に答えると、エルネストは眉間に皺を寄せた。

「本当か？　顔が青白いぞ」

「……すみません、少し緊張しているようです」

初めて社交界というものに足を踏み入れるのだと思うと、やはり不安と恐れが胸の中に溢れてきてしまう。

（ダンスの練習も、礼儀作法の勉強も頑張りましたが……それでも、うまくできるかどうか分かりませんし……）

家庭教師の話では、社交界に出入りできるのは基本的に貴族ばかりで、平民には立ち入れない場所であるという。それなのに、平民であるばかりか、森の外にすら出たことがなかった常識知らずの自分がそんな場所に行って、本当に大丈夫なのだろうか。

（……お屋敷の皆さんは、エルネストさんが一緒だから問題ないとおっしゃっていましたが……）

エルネストは国王の弟で、この国の元将軍で、英雄だ。その彼が連れている女性が、貴族であろうと平民であろうと文句を言える人間などいないそうだ。

だがエノーラは知っている。

『文句を言える人間がいない』という言葉の裏は、『文句を言いたい人間がいる』ということなのだと。

（……私のような平民が行くべき場所ではないということですよね……。本当に大丈夫なのでしょうか……？）

最初は、絵本のお姫様と王子様のようにダンスをする場所だと教えられて、憧れの気持ちでワクワクしていたが、この一週間の怒濤の日々でそのワクワクもすっかり萎《しお》れてしまった。

エノーラの不安が伝わったのか、エルネストが困ったように頭を搔く。

「もしかして、夜会に出るのは気が乗らなかったか？」

「い、いえ、そうではありません。私はエルネスト様とダンスを踊ってみたいと思っていましたから……！」

ダンスの授業では、エノーラの相手役はいつも女教師《ガヴァネス》が男役をやってくれていた。当日は男性パートナーと踊るのだと聞いて、それがエルネストならいいなとずっと思っていたのだ。

エノーラの言葉に、エルネストは驚いたように目を丸くして、それから気まずそうに咳払いをする。

「……期待を裏切るようで申し訳ないが、俺はあまりダンスは得意じゃないかもしれない」

「……かもしれない？」

曖昧な表現に首を傾げると、エルネストはため息をついた。

「……あんまりダンスをしたことがないんだよ。成人の儀式の時に一度ワルツを踊ったきりだから、もう何年もやってない。ステップなんぞ忘れているだろうから、君の足を踏むかもしれない」

驚きの答えに、エノーラは何度も瞬きをしてしまう。

「えっ……、ですが、エルネスト様は王子様、ですよね……？」

王子様はお姫様とダンスをするものだと思っていたし、家庭教師も貴族の人たちは社交界でダンスを踊らなくてはならないから、皆ダンスを覚えるのだと言っていた。

エノーラの問いに、エルネストはもう一度深いため息をつくと、うんざりとした表情になった。

「俺は昔から貴族が嫌いなんだ。父や兄の前では媚び諂《へつら》うくせに、いなくなった途端に俺に向かって舌打ちをする——そんな連中だ。付き合うだけ時間の無駄だろう」

「──え……」

エルネストの話に、エノーラは困惑してしまった。

なぜ貴族が王族であるエルネストに態度を変えるのか、理解できなかったからだ。

首を傾げていると、エルネストはそれに気づいたのか、少し苦笑した。

「……ああ、言っていなかったか。俺は先代の国王の婚外子なんだ」

「ええと、知っています。以前、エルネスト様から教えていただきました」

正直に言えば、「婚外子」という言葉の意味を知らなかったので、後からクララに教えてもらったのだ。正式な妻ではない女性から生まれた子のことを指すのだそうだ。

「ですが、婚外子だとしても、国王の子であることには違いないはずです。なぜ貴族の人たちは、エルネスト様に対する態度が違ったのですか？」

エノーラの問いに、今度はエルネストが戸惑うような表情を見せた。

「……ああ、そうか。君は神の教えを知らないのか」

「神の教え……聖クルス教の教えということでしょうか？」

エノーラは神の存在を信じていない。エノーラにとって神とは風であり、雨であり、太陽であり、大地であるからだ。

だがこの国では聖クルス教という宗教が国教と定められ、皆信じているのだと、家庭教師に教えられた。

「ああ。聖クルスの教義では、神の前で結婚を誓い合った夫婦以外の相手を認めない。つまり不倫を認めないから、不倫相手との子どもも認めない。婚外子は間違った子どもで、存在してはならないんだ。だから俺は国王の子だが、宗教的には間違いで、認められない存在というわけだ」

そう説明するエルネストは、皮肉げな微笑みを浮かべていた。だがエノーラには、その微笑みの裏に、彼の悲しみがあるように思えて、きゅっと唇を噛む。

（だってそれはつまり、エルネストさんは生まれた時から周囲に認められない存在だったということ……。婚外子として生まれたのはエルネストさんのせいじゃない。それなのに……！）

ムカムカと腹が立ってくるのは、もちろんエルネストに酷い態度を取ってきた人間たちに対してだ。そんな人間など、片っ端から祖母の痺れ薬を嗅がせた後、手足を縛り上げて狼の巣に放り込んでやりたい。

だが現実にそうすることもできず、ひとまずこの憤りをどう伝えればいいかと思案して、エノーラはゆっくりと口を開いた。

「……現実に存在しているものを存在してはならないとするのは、矛盾でしかありません」

「――なんだって？」

怒りのあまり低い声になってしまい、エルネストは聞き取れなかったのだろう。

怪訝そうに聞き返してきた。

エノーラは彼の緑色の瞳をキッと見据えると、早口で捲《まく》し立てる。

「そこに林檎があるのに、ないと言い張るのは明らかな矛盾です。婚外子を認めないというのはそれと同じ。矛盾が生じているということは、その理屈は破綻《はたん》しているということです。つまり間違っているのも愚かであるのも聖クルス教の教義であり、婚外子の存在でも、ましてやエルネスト様でもありません。理屈の破綻した教えなど、信じる方がどうかしています」

キッパリと言いきると、エルネストは面食らったように絶句していた。

「……理屈が」

「破綻しています」

どこか放心したように呟くエルネストに、エノーラはこくりと頷いて後を引き取る。

「何度だって言います。エルネスト様はここに存在しているし、間違った存在などではありません。間違っているのはその教義だし、それを信じてエルネスト様を迫害した愚か者たちです。そんな人間は私が狼の巣穴に投げ込んでやります。任せてください」

グッと拳を見せて頷いてみせると、エルネストがクハッと吐き出すように笑った。

「くっ、ククククッ……！　ハハハ、アハハハハハハ！　狼の巣穴に！　ハハハハハ！

そりゃいいな！」

エノーラはその翳《かげ》りのない笑顔を見てホッとする。

なぜ笑われているのかは分からないが、エルネストが笑ってくれたならそれでいい。婚外子の話をし出してから、エルネストは苦い物でも噛んだかのように苦しげな表情を浮かべていた。その顔を見ているだけで、エノーラまで苦しい気持ちになってしまって、なんとかしてあげたかったのだ。

へらりとつられ笑いをしていると、エルネストが笑いを収めつつ、こちらをじっと見つめてきた。

「君は不思議な人だな」

「ふ、不思議ですか？」

「ああ。……俺にとって抜けない楔《くさび》のようなものを、いとも簡単に抜いてしまうのだから」

エノーラは目を瞬いた。

「抜けない楔……」

目の前の男性に、そんなものが存在するなんて思えない。エルネストはエノーラを森から救い出してくれた恩人で、国王の弟で、元将軍で、英雄だ。全てを兼ね備えた完璧な男性に、できないことなどなさそうに見える。

（でも、エルネストさんは苦しそうに見えました……）

どれほど完璧で強い男性でも、苦手なもの、辛いものは存在して当然なのだ。

エノーラは思わず手を伸ばして彼の手をぎゅっと握った。

「エルネスト様が抜けないなら、私が抜きます」

エルネストが、あの孤独な暗い森から自分を救い出してくれた時のように、自分も彼のためにできることがあるのならば、どんなことだってしてみせる。

「私がやります。私は神様より、あなたを信じていますから」

決意を込めて言うと、エルネストは一瞬言葉を忘れたかのように絶句して、エノーラを凝視した。呆然とするその形の良い目をまっすぐに覗き込み、エノーラはもう一度繰り返した。

「楔だろうが神様だろうが、あなたを苦しめるものは全て、私が取り除いてみせます」

するとエルネストは見張っていた目を緩ませて、ふわりと糸が解けるように笑った。

「……それは頼もしいな」

まるで子どもに言うような口調に、エノーラはムッと唇を引き結ぶ。

「ほ、本気ですよ！」

「分かっているさ」

エルネストはクスクスと笑っていて、エノーラはますますむきになってしまう。

「本当なんですから！」

大きな声で主張すると、エルネストはエノーラの手をぎゅっと握り返してきた。

「分かってる。だから、エノーラ。俺も君を守るよ。君を傷つける者全てから、君を守る」

自分がエルネストの苦しみを減らしたいと言っているのに、逆に彼から守ると宣言されて、エノーラは首を捻った。

「……わ、私があなたを守りたいのですが……」

「お互いに守り合えば怖いものはない。そうだろう？」

ニコリ、と微笑んで言われ、確かにそうだと納得する。

狼の群れに襲われたとしても、二人でお互いの背中を守り合えば、死角がなくなって戦い易い。

「はい！」

キリッとした表情で頷くと、エルネストは満足そうに笑った。

ちょうどその時馬車が停まり、カーナーヴォン伯爵邸に到着した。

「よし。では我々の最初の戦いへ赴くことにしよう」

ニヤリと微笑んだエルネストに、エノーラは気合いを入れながら首肯したのだった。

伯爵家の使用人に案内されて舞踏室《ボールルーム》へ足を踏み入れると、周囲の関心が一気にこちらへ向くのが分かった。

これほど大勢の人間の視線を受けたのは生まれて初めてで、エノーラは息を呑む。

足が竦んで次の一歩を踏み込めないでいると、それに気づいたエルネストが頭を傾け、耳元でそっと囁いてきた。

「エノーラ。俺だけを見てろ。他の人間は全てジャガイモとカボチャだ」

「ジャガイモ……」

そう言われると、周囲の人たちの頭が野菜に見えてきてしまい、エノーラは思わずフッと噴き出す。

「……ジャガイモに見えてきました」

「ジャガイモは怖くないだろ」

エルネストはしたり顔で笑うと、さあ、と言うようにエノーラを顎で促した。

その自信に溢れた微笑みが、憎らしいほどに美しい。

（……本当に、エルネストさんはきれいです）

優美に狩りをする、しなやかで強《したた》かな肉食獣のようだ。

精悍な美貌を見つめながら、エノーラもまた微笑を浮かべ、彼に合わせて一歩を踏み出す。

人々の視線は相変わらずついて回ったが、不思議ともう気にならなかった。

どうやら夜会は盛況のようで、豪勢な食事や飲み物、色とりどりのデザートが並び、中央には楽団まで呼んで演奏させている。大きな舞踏室なのに、華やかなドレスを着た貴婦人や、流行りのクラヴァットを身につけた紳士たちで埋め尽くされている。

だがエルネストとエノーラが歩くと、人々が次々にサッと動いて道を空けていく。

(まるで絵本に出てきた聖人リエルのようだわ……)

神の忠実な僕《しもべ》だった聖人リエルは、海の水を割って海底を歩いて渡るのである。

人々が道を空ける様は、あの挿絵によく似ていた。

それくらい、彼は注目度が高いということなのだろう。

(……エルネストさんは、婚外子だから忌避されているのだと言っていたけれど、きっとそれだけではないはず……)

現に、彼に向けられる視線は、好意的なものが多いように思える。特に女性からの視線は、どう見ても秋波《しゅうは》とおぼしきものや、憧れの人へ向ける眼差しがほとんどで、嫌悪のようなものは見受けられなかった。

(それに……彼女たちが私を見る目は……)

鋭く、険しいものばかりだ。

大変恐ろしいが、「社交界とは女の嫉妬と虚栄心が渦巻く世界なのでございます。嫉妬も虚栄心も、抱いた者の心根の問題です。もし誰かに辛く当たられたとしても、それはエノーラ様が悪いのではなく、相手の心根が悪いということ。お気になさってはいけませんよ」とクララが何度も言っていたので、気にしないのが一番だ。

（ジャガイモ……カボチャ……）

鋭い視線も野菜だと思えば気にならない。

エノーラは背筋を伸ばして微笑みを浮かべた。

するとエルネストがにっこりと笑って頷いてくれる。

「いいぞ。その調子だ」

「はい！」

エルネストがいてくれるだけで、何も怖くないと思えるから不思議だ。

主催者の伯爵への挨拶を済ませると、エルネストはエノーラをダンスの輪へと導いた。

「まずは任務を終えるとするか」

渋い口調でそう言うのがおかしくて、エノーラは笑いを噛み殺す。

「ダンスは任務なのですか？」

「ああ。これまでで一番、難しい任務だ」

眉間に皺を寄せた厳しい表情で答えられ、エノーラは堪えきれず小さく噴き出した。

「笑ったな？　くそ、足を踏んでやるからな」

「ふふふ、どうぞお手柔らかに」

エルネストはフンと鼻を鳴らしつつも、ワルツの体勢を取るとスッとステップを踏み出す。

踊り始めてすぐに、エノーラは目をパチパチさせた。

（――あら？　あらら？）

あれほど「俺はダンスが苦手だ、下手くそだ」と言っていたくせに、エルネストのリードは巧みだった。一度も一緒に踊ったことがないはずなのに、エノーラの歩幅を理解した足幅で無理なくステップを踏んでくれている。

動きも音楽に完璧に同調していて、その所作も優雅だ。

おそらく、エノーラにダンスを教えてくれた家庭教師よりも数段上手なのではないだろうか。

「エ、エルネスト様、とてもお上手ですが!?」

エノーラが驚きながら言うと、彼は微笑みを浮かべたまま早口で答えた。

「待て。今リズムを数えているから、話は後だ」

どうやら微笑みを浮かべているが、内心必死らしい。

見た目も動きも余裕そうなのに、実に不思議である。

「こんなにお上手なのに……」

「俺はダンスの上手い下手がよく分からない」

なるほど。それならば苦手というのは、単に彼がダンスが好きではないということなのではないだろうか。

「体重移動も正確ですし、コネクションのタイミングも分かりやすくて……」

彼がダンスが上手なのだとなんとか伝えたくて説明していると、エルネストは眉間に皺を寄せた。

「君が何を言っているか分からないが、俺は踊りやすい相手だと言ってくれているのか？」

「はい！　その通りです。エルネスト様は、今までで一番踊りやすい人です！」

まさにそれが言いたかった、と顔を上げると、エルネストが嬉しそうに笑った。

その屈託のない笑顔に、胸がきゅっと音を立てる。

「そうか。だとしたら、俺と君との相性が良いんだろうな」

「……あ、相性が良い、ですか？」

「なにしろ、前に踊った令嬢とは散々だった。足を三回も踏んでしまってな」

エルネストは「ははは」と笑っていたが、エノーラは胸がもやっとしてしまった。

なぜなら、彼が自分ではない女性とワルツを踊っているのを想像してしまったからだ。

（……？）

この感情がなんなのか分からず、エノーラは首を捻る。

モヤモヤとして、胸が圧迫されるような、苦しい気持ちだ。

そのせいで変な顔をしていたのだろう。

エルネストが心配そうな眼差しになった。

「どうした？　気分が悪いか？」

「いえ……あの、エルネスト様が誰か他の方と踊っているのを想像したら、なんだか、胸が、こう……嫌な感じが……」

正直に自分の状態を述べると、エルネストが目を丸くして沈黙した。

「…………」

「エルネスト様？　あの、これは何かの病気なのでしょうか……？」

彼の反応に、エノーラは怖くなって訊ねる。

エルネストが驚くくらいだから、何か恐ろしい病気にでも罹《かか》ってしまったのではないかと思ったのだ。

だがエルネストは「あ、ああ」と我に返ったように言うと、ゴホンと咳払いをした。

「……大丈夫だ。それは病気じゃない」

「病気じゃないのですね。……良かったです。では一体なんなのでしょうか？」

「……あー、うん。多分、緊張していたせいだろう。気にするほどのことじゃない」

エルネストが言うならそうなのだろう。

気にしなくていいと言われ、エノーラはホッとして微笑んだ。

「分かりました。気にしません」

些細な不快感で、せっかくのエルネストとのダンスの時間を台無しにしたくない。

今は彼と踊っている幸せを満喫するべきだろう。

「私、エルネスト様と踊れて、とっても嬉しいし、楽しいです」

彼のリードに身を委ねる心地好さにうっとりとしながら言うと、エルネストは困ったように、けれどとても優しい目をして頷いた。

「……そうだな。俺も、君と踊れてとても楽しい」

その一言に、エノーラはパッと顔を輝かせる。

ダンスが苦手だと言っていたエルネストが、自分と踊って楽しいと言ってくれた。

なんというご褒美だろうか。

「本当ですか？」

「本当だ。さっきも言っただろう？　俺と君は、相性が良い。ダンスがこんなに楽しいと感じたのは初めてだ」

エノーラは、喜びで胸が膨らむのを感じる。

自分が今感じているのと同じように、彼も感じてくれているのだと思うと、驚くほどの歓喜が込み上げてきて、飛び上がりたい気持ちになった。

（でも、ダメです。それはしたないことだから）

礼儀作法の授業で習ったように、エノーラはその衝動をグッと堪えて言った。

「……嬉しいです……」

その一言は、どうしてか囁き声になってしまったが、エルネストの耳には届いたようだ。

彼はまた困ったような笑みを浮かべていた。

＊＊＊

ワルツを一曲踊り終えダンスの輪から離れようとすると、エルネストとエノーラはあっという間に人に囲まれた。

「お久しぶりです、エルネスト殿下！」

「相変わらず麗しいお姿を見ることができて、恐悦至極でございます」

「閣下、私を覚えておいでですか」

寄ってくる者たちは皆、その背後に自分の娘やら姪やらを携えており、あわよくばそれらの令嬢をエルネストに宛てがおうという魂胆が丸分かりである。

（……まあ、隠す気もないのだろうが）

エルネストはうんざりする気持ちを隠さずに、思い切り眉間に皺を寄せた。

「鬱陶しい」

獣の唸り声のような低い一言に、二人を取り囲んでいた人々が顔色を変えてザッと後退りする。その間抜けな面々を睥睨するように見下ろした後、エルネストは鼻を鳴らした。

この程度で怯えるのなら、近寄ってくるなという話だ。

「どうやらここには目も耳も悪い者しかいないらしい」

エルネストの皮肉げな様子に、果敢《かかん》にも一人の壮年の男が愛想笑いをして話しかけようとしてくる。

「まぁまぁ、閣下――」

「言われなければ分からないのか？　煩《わずら》わしい。消えろ」

その男のセリフを断ち切るようにして言えば、周囲から蜘蛛《くも》の子を散らすように人がいなくなる。

目障りな連中が視界から消え、エルネストは満足の笑みを浮かべてエノーラを見た。

彼女は驚いたようにこちらを見上げていて、逃げていく人々へもチラリと視線をやっている。どうやら礼儀作法の教師から習った内容と、エルネストの作法がずいぶんと違っていたので驚いていているらしい。

（……しまった。今日はエノーラの社交界デビューだった）

彼女には社交界での正しいお手本を見せるべきだったのに、と今更ながら臍《ほぞ》を噛みつつ、ゴホンと咳払いをした。

「……俺のやり方は気にするな。面倒を回避するための方法だ」

暗に真似をするな、と言ったのに、エノーラはキラキラと顔を輝かせる。

「このやり方の方が楽しそうです」

「……ダメだ。これは俺のやり方だから、君がやると失敗する。ちゃんと礼儀作法の教師に教えられたようにしなさい」

いけないことを教えてしまった。

エルネストは大いに反省しながらエノーラをビュッフェの方へと導いた。

「ほら、好きな物を言え。取ってやろう」

「わぁ……！」

食べることが大好きなエノーラは、色とりどりのお菓子に目を輝かせている。

森の中の生活は貧しく、碌な食べ物がなかったようで、彼女はエルネストの屋敷で出てくる食事に、いつも大袈裟なほどに感動していた。

聞けば、森では一日一食で、だいたいが、穀物と野菜と干し肉を煮込んだスープを一杯だけだったそうだ。

(どうりであんなに華奢で小さいわけだ……)

最初出会った時、エルネストはエノーラが子どもだと信じて疑わなかった。それくらい彼女は背が低いし幼く見えるのだ。おそらく、成長期に十分な栄養を摂取できなかったため、身体が満足に成長し切れなかったのだろう。

常に栄養失調状態で生きてきた彼女が、屋敷の食べ物に感動するのも無理はない。中でも甘い物が好物なようで、初めて林檎のタルトを食べた時には涙を流して放心していたほどだ。

『こんなに美味しい物は食べたことがありません……！』

森の中では甘味といえば果実くらいで、砂糖を使った菓子などは食べたことがなかったらしい。

そんな彼女の様子を見て、屋敷の者たちは皆こっそりと涙を拭っていた。

（……まったく、子どもに満足な食べ物さえも与えないなんて……森の魔女は一体何を考えていたのだ）

森の魔女――エノーラの祖母のことを考えると、エルネストは毎度憤りを覚えてしまう。エルネストに言わせれば、森の魔女がエノーラにしたことは紛れもなく虐待である。実の孫娘に対して、なぜそこまでしなくてはならなかったのだろうか。

「エルネスト様、これが食べたいです」

明るい声に我に返ると、エノーラがクリームののったピンク色のケーキを指していた。

その愛らしい顔は、初めて会った時よりもふっくらとして血色も良くなっている。細すぎて心配になるくらいだった手脚も、まだ細いものの不安になるほどではなくなった。

ようやく娘らしい柔らかさを取り戻してきている彼女の姿に、エルネストは内心ホッと胸を撫で下ろした。

「これか。よし」

エルネストがケーキを皿にのせると、エノーラは嬉しそうにはしゃいだ声で「ありがとうございます！」と言った。

その顔が可愛くて、エルネストはピンクのケーキの隣に並んでいたチョコレートケーキを指して「これも食べるか？」と訊いてみた。

エノーラは一瞬目をキラキラさせたものの、すぐにしょんぼりして首を横に振る。

「あの……食べたいのですけど、多分お腹を壊してしまうので……」

「ああ、そうだったな……」

このケーキにはクリームやバターがたくさん使われていそうだ。

エノーラは脂っこいものを食べ過ぎるとお腹を壊すのだ。

これも多分、長らく質素を絵に描いたような食事しかしたことがなかったせいだ。栄養価の高すぎる物を身体が受け付けないのだろう。エルネストの屋敷で暮らした数ヶ月でだいぶ改善したようだが、それでも一度にたくさん食べると嘔吐と下痢をしてしまうらしい。

「残念です……」

無念そうにチョコレートケーキを見つめるエノーラに、エルネストは思わず噴き出した。

「ふはっ！　うちでも作ってもらえばいい。料理長は菓子も上手に作るぞ」

「ジョナサン料理長の作ってくださるレモンケーキは最高です。キャロットケーキと、あとクランペットもすごく美味しいです」

料理長の名前を即座に答えるエノーラに、エルネストは目を細める。ランセルから、彼女が屋敷中の使用人たちに慕われていると報告を受けていたが、なるほどなと思う。エルネストも使用人たちの名前は把握しているが、彼女のように日常的に呼ぶことはあまりない。

エノーラには一般的な常識はないが、偏見や差別もない。雇用主と使用人の差を知らなかったから、きっと使用人たちにもエルネストに対するのと同じように接したのだろう。

屋敷ではエノーラを賓客として扱えと言ってあるから、使用人たちにとって彼女はエルネストの次に偉い存在として受け止められているはずだ。その彼女から親しげに扱われれば、嬉しいだろうし親しみを感じて当然だ。

(屋敷中の者が、エノーラを大事にするのも納得だ)

領地から帰ってきてみると、メイド長のクララや執事長のランセルだけでなく、料理人から庭師に至るまで、皆エノーラを慕っているから驚いたものだ。

「では、帰ったらレモンケーキを作ってもらおう」

「はい！」

ニコニコしながらケーキにフォークを刺すエノーラは、プレゼントをもらった子どものようだ。

(こんな嬉しそうな顔をするなら、もっと喜ばせたくなってしまうな)

この可愛い顔をずっと見ていたい。今度は何をしてやろうか、などと考えていると、伯爵家のお仕着せを着た使用人の男がスッと近づいてきて、エルネストに耳打ちする。

「ご歓談のところ、大変失礼いたします。高貴なお方より〝お話をしたいのでお時間をいただきたい〟とのご伝言でございます」

エルネストは盛大に顔を顰めた。

要するに、この夜会に呼ばれている客の中の誰かから、エルネストと二人だけで話をしたいから別室に来い、と言われているわけである。

ここで重要なのは『高貴なお方』が誰かという点だ。

王弟であるエルネストに対してその言い回しを使うということは、エルネストよりも身分が上の者でなければならない。この国では、兄王とその家族、そして教皇ぐらいのものである。

(兄上が招かれているならば、こんなまわりくどいやり方で俺を呼んだりはしないだろう)

兄のことだ。人嫌いなエルネストが夜会に出てきたと知ったら、大袈裟なまでに喜んで抱きついてくるはずだ。

（ならば――）

残るはただ一人、教皇アレクサンドルということになる。

気に食わない男の顔を思い出して舌打ちしたくなったが、隣にいるエノーラが少し不安そうにこちらを見上げていたので、やめておいた。

安心させるためにニコリと微笑むと、エルネストはエノーラの手を引いて主催者であるカーナーヴォン伯爵夫人のところへ連れていった。

「夫人、申し訳ないが、俺のパートナーを少々預かってもらっても？　社交界は初めてで、慣れていないのでね」

「まあ、公爵閣下！　ええ、もちろんよろしいですわ！」

カーナーヴォン伯爵夫人は、エルネストに話しかけられて分かりやすく喜色を露わにした。彼女は人嫌いのエルネストが自分の家の夜会の招待だけは受けたことを大いに喜び、舞い上がってあちこちに吹聴して歩いていたらしい、とランセルが報告してきていた。

英雄である王弟に頼られたことを自慢したい類の人間というわけだ。

（この伯爵夫人はどうにも軽薄そうな感じがするのだが……致し方ない）

彼女は伯爵の歳の離れた後妻で、若いせいか周囲の言動に左右されやすく、あちこちで失言を繰り返しているらしい。

エノーラを任せるには少々心許ないが、他に適任者がいないので仕方ない。

(離れずについていてやりたいが……少しの間だけ我慢してくれ)

人の善い兄王を操り人形にして、宗教界だけでなく政界をも牛耳《ぎゅうじ》りたい教皇の動向は、しっかりと把握しておかねばならないのだ。

「エノーラ、俺は少々人と会ってくるが、すぐ戻る。それまで夫人と一緒にいるんだぞ」

エノーラは戸惑ったような様子だったが、エルネストの言葉に「はい」と頷いた。

「では夫人、彼女をくれぐれも頼みます」

「ええ、お預かりいたしますわ」

繰り返し言いおくと、エルネストは先ほどの使用人の男と共にボールルームを後にした。

「こちらでお待ちでございます」

使用人が導いたのは、ボールルームの脇にある賓客用の休憩室だった。

ドアを開けて部屋に入ると、そこにはチャコールグレーの乗馬服を着てソファに腰掛けているアレクサンドルの姿があった。サイドテーブルには琥珀色の液体が入ったコニャックグラス、手には葉巻を持っている。

彼はエルネストの姿を見ると、悠々とした仕草でそれを吸い、フーッと白い煙を吐き出してから、ニコリと笑った。

「やあ、こんばんは、英雄殿」

自分の方が立場が上なのだと誇示するような態度と挨拶に、エルネストは眉間に深い皺を寄せる。

「聖職者が葉巻か。いつものゴテゴテしいカソックはどうした」

イヤミったらしい質問にも、アレクサンドルは肩を竦めただけだった。

「聖職者が煙を吸ってはいかんという法はない。お忍びで夜会に来るには、カソックは少々目立つのでね」

「わざわざ俗世の催しにお忍びでお越しになって、酒や葉巻の嗜好品を貪り放題とは！聖職者が聞いて呆れるな」

吐き捨てるように言ったが、アレクサンドルは意に介する様子はない。

ククク、と忍び笑いを漏らしながらグラスを呷《あお》って中身を呑み干すと、それをトンとテーブルに戻した。

「ふふ、俗世の誘惑というものを実体験してみなければ、それがいかに俗悪であるかを民に説くことはできないのですよ」

「詭弁《きべん》を」

「欲望渦巻く人間の世には詭弁しか存在しない。潔癖な英雄様は、ご存じないようだ」

批判も飄々《ひょうひょう》とやり過ごすアレクサンドルに、エルネストは深いため息をつく。

(糠《ぬか》に釘を打つというのは、まさにこのことだな)

この男が、教皇どころか神父である資格すらない欲望塗れの悪人であることは、公然の事実だ。だが誰もその確固たる証拠を突き止められないために、こうしてやりたい放題やっているのだろう。

宗教界で好きにやっている分にはどうでもいいが、兄王の治世にまで茶々を入れようとするからいただけない。

（いつかこの男を放逐《ほうちく》してやる）

エルネストは虎視眈々《こしたんたん》とその機会を狙っているが、この男は俗悪なだけでなく悪運も強いようで、なかなか尻尾を摑ませない。

「英雄殿も呑みますかな？」

アレクサンドルがグラスに酒を注ぎ足しながら訊いてきたので、エルネストは立ったまま即座にそれを拒んだ。

「要らん。毒でも入っていたらかなわんからな」

「おやおや。〝カンタレッラ〟のことですか？　英雄殿でもくだらない噂を信じたりなさるようだ」

アレクサンドルが愉快そうに肩を上げてみせる。

『カンタレッラ』とは、聖書の中に登場する空想上の毒薬のことだ。証拠の残らない毒薬で、飲ませれば苦しむことなく、歌いながら死んでいくのだという。

前回の教皇選挙《コンクラーベ》において、教皇候補であったアレクサンドルの周囲で、他の候補者たちが次々に頓死《とんし》したことから、彼が『カンタレッラ』で暗殺しているのだと実《まこと》しやかに噂された。

「さて、火のないところになんとやら、と言うからな」

フンと鼻を鳴らせば、アレクサンドルはククク と喉を震わせる。

「これは手厳しい」

「――で、俺をここに呼んだ用件はなんだ」

「おやおや、ずいぶんとせっかちですな」

「悠長に酒を交わす仲ではないだろう。お互い気に食わない者同士、殺し合いをする前にさっさと用件を言え」

轟然《ごうぜん》と顎を上げて見下ろすと、アレクサンドルは笑いを収めて真顔になった。

「――では、単刀直入に訊こう。あなたが連れてきたあの娘は一体何者だ？」

その質問に、エルネストは目を見開いた。

まさかエノーラのことを訊かれるとは思いもしなかったからだ。

「エノーラのことか？　なぜお前があの子を気にする？」

エルネストが驚いていることに、アレクサンドルは訝しげな表情になった後、好色そうな目をして笑った。

「……美しい娘だ。貴族ではないだろう。娼婦ならば、私にも貸してもらおうと思ってな」

そのセリフを聞いた瞬間、エルネストは酒のボトルの置かれたサイドテーブルを蹴り上げていた。ガン、と鈍い音がしてテーブルが引っくり返り、酒とグラスが絨毯の上を転がったが、視界には入ってこない。

見えているのは、驚いたように両手を上げている好色漢だけだ。

瞬時に最高潮まで達した怒りは火よりも熱く、エルネストはその激情のままにアレクサンドルの胸ぐらを摑み上げた。

「お前のような汚らわしい老人が、あの子の姿を目に入れることも烏滸《おこ》がましい。その臭い息でもう一度でもあの子のこと口にしてみろ。その歯を全て叩き折り、まともに口が利けなくしてやる」

唸るように言うと、アレクサンドルは引き攣った笑みを漏らす。

「……ハハ、ずいぶんとご執心のようだな」

「まだ減らず口を叩くとはな」

なるほど、殴られるのをご希望か、と薄ら笑いを浮かべて拳を振り上げると、アレクサンドルは焦ったように両手を上げて「降参、降参」と叫んだ。

正直殴りたい衝動は大きかったが、エルネストは歯を食いしばってそれに耐え、捨てるようにしてアレクサンドルを放す。

殴れば面倒なことになるのは目に見えている。

エノーラを連れてここに来ている以上、なるべくそれは避けたかった。

気を落ち着かせるために深く息を吐くと、襟元を摑んでヒィヒィと言っているアレクサンドルを見下ろした。

「言っておくが、あの子は娼婦じゃない。やんごとない出の娘で、俺が後見人をしている。今度あの子を貶める発言をしてみろ。地獄に叩き込んでやる」

低い声で警告すると、アレクサンドルは愛想笑いをしながら「肝に銘じておこう」と情けなく呟いた。

これ以上好色老人の顔を見ていたら、今度こそ殴ってしまうだろう。

エルネストは踵を返すと、エノーラの待つボールルームへと向かった。

＊＊＊

「それで？　あなたはお名前は？　おいくつ？　素敵な髪の色だけれど、これは染めているの？　どこのご令嬢なのかしら？　エルネスト閣下とどういったご関係なの？」

エノーラは目の前の女性から繰り出される矢継ぎ早の質問に圧倒されていた。

カーナーヴォン伯爵夫人は、エルネストがいなくなった途端、エノーラにクルリと向き直り、質問攻めにし始めたのだ。

「わ、私の名前はエノーラと申します。年は二十歳です」

「まあ！　二十歳？　見た目がずいぶんと幼いから、成人していないのかと思ってしまったわ！」

「そ、そうですか……」

自分の見た目が幼いことを、エノーラは森を出てから知った。実年齢を告げると驚かない人がいなかったからだ。

「私はそんなに子どもっぽいでしょうか……」

エノーラは思わずしょんぼりとしながら呟いた。

伯爵夫人は「あ、あら、そんなことないわよ！」と焦ったようにオホホと笑ったが、それが本心でないことは、彼女の目が泳いでいることから分かる。

エルネストの屋敷の中にいると、自分の見た目が気になることはあまりなかったが、こうして夜会に参加するとそうはいかなかった。ここには着飾った妙齢の女性がたくさんいて、否応なしに自分との違いを突きつけられてしまうからだ。

ここにいる令嬢や貴婦人たちは、皆大人っぽく艶やかで、女性的な魅力に満ちている。特に胸元やお尻などがむっちりと肉感的で、女である自分の目も引きつけられるほどだ。

あの引力が「女性の魅力」というやつだと、エノーラにも本能で分かった。

（私はどう見ても「女性の魅力」が薄いです……）

胸もお尻もぺったんこで、背も低い。女性的な魅力が豊富とは言いがたいだろう。

（どうしたら、もっと大人の女性のようになれるでしょうか……）

そんなことを思ってしまったのは、エルネストがあまりに魅力的なせいだろうか。

正装をしたエルネストは、本当に素敵だ。だから女性たちが惹かれるのも無理はないと思う。

彼はまったく相手にしていなかったが、彼に向けられる女性たちの視線はあからさまに秋波だったし、彼の隣に立つエノーラを敵愾《てきがい》心剝き出しの目で睨んできた。

（あの人たちは、エルネストさんが好きなのですね……）

そう思うと、胸の中にモヤッとしたものが浮かんできて、エノーラは戸惑っていた。

エルネストの隣に自分以外の女性が立つと考えるだけで、モヤモヤがどんどん濃く黒くなっていく。そして自分よりも豊満で大人っぽい女性の方が、彼には似合っていると気がついてからは、モヤモヤはドロドロになってエノーラの胸の中を渦巻いていた。

（……これは、多分、嫉妬……）

エノーラは自分の中の気持ちを整理しながら思った。

エルネストを誰にも取られたくないという気持ちは、独占欲だ。エノーラは、彼に自分だけの「エルネストさん」でいてほしいのだ。自分以外の誰も、彼の隣に立ってほしくない。彼に一番近いのは、自分であってほしい。

（……いけません。こんな気持ち……）

エルネストは、自分の保護者だ。クララはエノーラを「特別なお方」だと言ったが、エルネストにはそんなつもりはないのだと、エノーラはなんとなく分かっていた。

彼は初めて会った時、エノーラを小さな女の子だと思っていたから、保護してくれたのだ。エノーラのことを「子ども」だと何度も言っていたし、エノーラの実年齢を告げた時に仰天されたのだから間違いない。

（……つまりエルネストさんにとって、私は「子ども」であって、「女性」ではないということだもの……）

だからエノーラがいくら彼を好きだと思っても無駄なのだ。

そこまで考えて、エノーラはハッとなった。

（――好き。そうか、私はエルネストさんのことを、男性として好きなのだわ……）

これまで祖母と二人だけで生きてきたから、異性を好きになるということがどういうことか分からなかった。ただ、あの森に棲む狼の群れを観察していた時に、つがいの二匹を見て羨ましいなと思ったことはあった。狼のつがいはとても仲睦まじく、互いを慈しみ、守り合って生きていた。自分にもあんなふうな片割れがいてくれたら、きっと寂しくないのだろうと。

　エノーラは、エルネストとあんなふうになりたい。

　慈しみ、守り合って生きていきたい。彼の傍にずっといたい。

（――これが「好き」という感情）

　初恋を自覚した瞬間、エノーラは自分が失恋していることに気づく。

　自分にとって恋でも、エルネストにとってはそうではない。エルネストは、自分を女性とは見ていないのだから。

　悲しさと虚しさが押し寄せてきて、エノーラは涙が滲みそうになって、慌てて目元をそっと指で拭う。こんなところで泣いてはいけない。

　だがその涙に目敏く気づいた伯爵夫人が、狼狽えたような声を出した。

「まあ、やだ、ごめんなさい。泣かせるつもりじゃなかったのよ」

「あ……いえ、これは……」

　どうやら先ほど自分が言った言葉で、エノーラが傷ついて泣いてしまったのだと思ったのだろう。彼女はオロオロとしながら、エノーラをバルコニーへと連れ出した。

　外に出た途端、夜の冷気が頬を撫で、エノーラはホッと吐息を漏らす。舞踏室の熱気と喧騒はエノーラには少々うるさすぎたので、静かな冷気が心地好かった。

「涙が収まるまで、ここで少し休憩をしているといいわ。人前で涙を見せたりしては、要らない憶測を呼んで噂のネタにされてしまうもの」

伯爵夫人はエノーラにハンカチを押し付けながら言った。

「はい。ありがとうございます」

ハンカチをありがたく拝借すると、夫人はエノーラの手を両手で握る。

「ねえ。あなたを泣かせたって、閣下には内緒にしてほしいの。私、英雄閣下を怒らせたりしたら、きっと夫に酷く叱られるわ。お願い」

こんなことでエルネストが怒るとは思わなかったが、エノーラは「分かりました」と頷いた。そもそも、彼女に泣かされたわけではない。

エノーラの返事に、夫人は安堵したように微笑んで「私、何か飲み物を取ってくるわね」と室内へ戻っていった。

一人になり、エノーラは夜の庭を眺めた。きれいに整えられた庭は、美しいけれどやはり歪《いびつ》だ。森の中では木々はこんなに整然と並ばないし、葉は丸く繁らない。人の手の入った木も草も土も、エノーラにとっては違和感を覚えるものばかりだ。

(ほんの少し、森が懐かしいです……)

森を出たことを後悔はしていない。だが、たまにあの濃密な土と緑の匂いを嗅ぎたくなる時があった。

「エルネスト様、早く戻ってきてください……」

脳裏にチラつくのは、先ほど思い描いた妄想だ。エルネストが他の女性をエスコートしている姿が、妄想だというのに頭にこびりついて離れてくれなかった。

本物のエルネストが戻ってきてくれれば、この嫌な妄想も消えてくれるはずだ。

そう思って呟いた時、知らない男の声が背後から聞こえた。

「英雄閣下はどこかへ行かれたのですか？」

ビクッとして振り返ると、バルコニーのドアからこちらへやってくる男性の姿があった。

上等な身なりをしていて、年齢はエルネストよりも若いように見える。

「……あの」

エノーラは声をかけようとして、言い淀んだ。確か、初めて会う男性と話す時には介添人《シャペロン》を介して会話しなくてはならなかったはずだと思い至ったからだ。

エノーラが言葉を止めたことに気づいたのか、男性は少し首を傾げて傍までやって来た。

「どうしたんです？」

不思議そうに言われて、エノーラは戸惑いながら口元を押さえ、小声で訊ねてみる。

「……あの、初めて会う男性には、介添人を通さなくてはならないのでは……？」

すると男性はアハハと声を上げて笑った。

「それは結構昔の話ですね！　今は会話くらいじゃ怒られないですよ」

「あ……そうなのですか？」

「ええ。ああ、でも、バルコニーのドアは開けておかなくちゃいけません。密室で未婚の男女が二人きりになると、結婚しなくちゃいけなくなってしまいますから」

男性は「ほら」と言いながら、バルコニーのドアを指差した。

先ほど伯爵夫人が出ていった時には閉まっていたドアが、半分ほど開いている。

「なるほど。ちゃんと開けてくださったのですね。ありがとうございます」

エノーラが礼を言うと、男性はおかしそうに笑った。

「なんだか君、話すと少し感じが違いますね」

「……そう、ですか？」

「ええ。思ったよりも話しやすくて、嬉しいです。英雄閣下と入ってきた時は、妖精かと思いましたよ。無垢というか、神秘的というか……こう、近寄りがたいほどきれいで……。みんな君に目が釘付けになっていたんですよ。気づきませんでしたか？」

あまりの褒め言葉に、エノーラはびっくりして首をブンブンと横に振る。

妖精だの神秘的だの、自分のこととは到底思えない。きっとお世辞というやつだろうと思うものの、なんだか嬉しくてドキドキしてしまう。

「さすが、英雄閣下の選んだ女性は違うなと、皆が噂していました」

「え……ええと……」

エルネストが選んだ女性、というフレーズに、エノーラは少し困った。おそらくそれはエノーラがエルネストの恋人であるという認識なのだろう。そうだったらいいなと思うが、これはエノーラの願望であって事実ではない。ここは訂正しておくべきだろう。

「あの、私はエルネスト様の恋人ではないのです」

「えっ？　そうなのですか？　でも……」

「エルネスト様は、私の庇護者というか、保護者というか……」

森で拾われました、と言えばいいのだろうか。だが知らない相手に自分の素性を全て明かすのも良くないと、クララが言っていた。

「えっ、庇護者？　ということは、君は……その、春を売る女性？」

「……？　春を売る？　ですか？」

何かの比喩なのだろうか。言葉の意味が分からず首を捻ったが、男性の目になんだか嫌な色が浮かび始めたことに気づいて、エノーラは一歩後退りをする。

男性はクスクスと笑い出しながら、後退るエノーラを追いかけるように一歩踏み出した。

「やっぱりな。そうだと思ったんだ。だって君のことを誰も知らないんだからね。貴族の令嬢なら、誰かは知ってるものなのに。そうか、人嫌いの英雄閣下も、男だなぁ。愛人を社交界に連れ出すなんて……」

「あの、私はエルネスト様の愛人ではありません」

男性の口調が急に変わったことに戸惑いつつも、エノーラはさらに彼と距離を取るために後ろへ下がった。どういう理由かは分からないが、目の前の男性が自分に対して危害を加えようとしている。本能が逃げろと言っていた。

「おいおい。何を逃げることがある？　僕だって客だよ。英雄閣下ほどじゃないけれど、金はある。どうだい、今夜試してみない？」

男性は下卑《げび》た笑みを顔に貼り付け、エノーラの方へ手を伸ばしてくる。

「い、意味が分かりません！」

その手を逃れ、ドアの方へ走り出すと、すぐさま男の声が響いた。

「待てよ！」

「きゃあっ！」

怒鳴り声に驚いて悲鳴を上げた瞬間、ドアが大きく開いて何者か飛び込んできて、男性に体当たりしていく。驚いて目を凝らすとそれはエルネストで、凄まじい速さで男性の顔面に拳を叩き込んでいた。パキッと鼻の骨が折れる音がして、パッと血飛沫がバルコニーに散り、男性の身体がバルコニーの柵に激突する。

「ぎゃあああああ！」

断末魔のような悲鳴を上げ、男性が顔を押さえてのたうち回った。指の間から血が溢れ出し、相当な出血であることが見て取れたが、エルネストは容赦しなかった。

魔王のように仁王立ちすると、男性を見下ろしてさらにその肩を蹴り上げた。

「グワァアアッ！　痛い痛いッ！」

男性が悲鳴を上げながら転げ回るのを無言のまま見下ろして、今度はその膝を踏みつける。靴の踵でグリグリと抉られ、男性が涙を流してエルネストの靴を退《ど》けようとするが、すぐさま顎を蹴り上げられ、仰け反って背中から倒れ込む。

エルネストの動きは俊敏な肉食獣のように速く、とても足が悪い人間とは思えなかった。

「ヒィイイイ！　やめてくれぇ、お願いだ！　誰か、助けてくれ！」

血と涙と鼻水に塗れ、室内にいる人に向かって助けを求めるも、エルネストの迫力に気圧されて誰一人それに応える者はなかった。

「誰も貴様を助けはしない。貴様は俺の被後見人を侮辱し、危害を加えようとした。その報いを受けるのは当然だろう」

エルネストの発言に、エノーラは驚きながらも「なるほど」と思った。エルネストは自分の「後見人」だったのか。

男性も驚いたようで、「こ、後見人……!?」と明らかに狼狽えた声を上げた。

「た、助けてくださいッ！　あ、あなた様が後見している方だなんて、知らなかったんです！　どうか許してくださいッ！」

泣き声で懇願する男性に、エルネストは吐き捨てるように笑う。

「俺が後見しているかいないかが、それほど重要か？　俺の後見がなければ、貴様が好きにしていい女性がこの世にいるとでも？　犯罪者の思考だな。ここで殺してしまった方が世のためかもしれん」

淡々とした口調で言い、エルネストは室内の人々に向けて手を差し出した。

「誰か、剣を貸してくれないか？　なければダガーでも構わない。いや、この脆弱な愚か者程度ならば、フォークであっても事足りる。フォークならいくらでもあるだろう。誰か持ってきてくれ」

エルネストの呼びかけに、人々が狼狽して騒《ざわ》めき始める。それはそうだろう。今から人を殺すから、凶器を用意してくれと言われているのだ。狼狽えない方がおかしい。

男性はもう助けを求めることもせず、身を丸めてシクシクと泣き始めている。

混乱を極める中、スッとバルコニーへ姿を現したのは、この夜会の主催者であるカーナーヴォン伯爵だった。

「閣下、お怒りはごもっともです。けれど、今夜は私の顔に免じてお収めくださいませんか。この若者は、私が責任を持って厳罰に処すようにいたします」

「これはどこの愚か者だ？」

男性の出身家を追及するエルネストに、伯爵は困ったように口籠もったものの、やがて諦めたように言った。

「サウスモーランド子爵の嫡男です」

「爵位を継ぐ器量はないな。廃嫡し去勢して修道院送りにしろと言っておけ」

「……御意」

伯爵は頭を下げた後、エルネストにハンカチを手渡した。エルネストは「ありがとう」と受け取った後、それで手についた男性の血を拭って伯爵に返す。

「あとで新しい物を送ろう」

「とんでもございません。今宵は私の客が大変失礼いたしました」

「客はもう少し厳選した方がいいな、カーナーヴォン大佐」

「――は、痛み入ります」

どうやらカーナーヴォン伯爵は、エルネストが将軍時代の部下だったらしい。階級名をあげられると、伯爵は背筋を正して敬礼の体勢を取って謝罪した。

エルネストはそれに鷹揚に頷いた後、へたり込んでいるエノーラを横抱きにして抱え上げた。

「あっ、エルネスト様……！」

自分で歩けます、と言おうとしたが、エルネストに「シッ」と言われて口を噤む。

先ほどの乱闘の興奮が残っているのか、エノーラに向ける表情もまだ険しいままだ。

彼は周囲の者たちをぐるりと見回すと、よく通る声で言った。

「このエノーラは、俺が後見する令嬢だ。彼女を軽んじる発言や暴言は、このエルネスト・ウィリアム・フレデリックを敵に回すことだと心得られよ」

そう言い捨てると、エルネストはエノーラを抱えたまま、舞踏室を後にしたのだった。

＊＊＊

エルネストはエノーラを抱えたまま馬車に乗り込むと、素手で天井を叩いて御者に合図を送った。いつになく乱暴な所作に、おそらく御者も驚いただろうし、目の前のエノーラも目を丸くしている。

これはまずい、と思うのに、制御が利かなかった。

(クソ……！)

エルネストは目を閉じて深呼吸をする。なんとか苛立ちを抑えようとするが、眼裏に先ほどの光景がチラついて、余計に怒りが増してしまった。

(あの男……殺してやれば良かった！)

アレクサンドルとの不愉快な面会を終えて舞踏室に戻ると、エノーラの姿がなかった。焦ってカーナーヴォン伯爵夫人を探すと、夫人は料理の並ぶテーブルの前で他の令嬢たちと談笑していた。近づいていって「俺の連れはどこですか」と訊ねると、ギョッとした顔になったが「バルコニーで休んでおられます」と言われたので、つい舌打ちをした。エノーラを一人にしないために夫人に頼んだのに、まったく意味がなかった。自分の人選ミスに苛立ちながらバルコニーへ向かうと、暗がりに男がエノーラに寄り添うように立っているのが見えて、心臓がギュッと軋んだ。

次に湧いてきたのは猛烈な怒りで、エルネストはカッとなりかけた思考を、すんでのところで止めた。

（待て！　なぜ俺は腹を立てているんだ？）

エノーラに近づく男がいたからといって、エルネストに怒る権利などない。そもそも未婚の令嬢にとって社交界とは、結婚相手を見つけるための場所だ。エノーラと男が出会うのは、実に正しい出来事と言える。

頭の中で理屈を捏ねくり回し、なんとか理性を保とうと深呼吸した時、中から話し声が聞こえてきた。

『えっ、庇護者？　ということは、君は……その、春を売る女性？』

エルネストはスッと身体の芯が冷え込むのを感じた。

（あの男は今、なんと言った？　春を売る女だと？）

それは娼婦を意味する言葉だ。

（エノーラを娼婦だと言ったのか？　俺の妖精を？）

頭の中が白い怒りに支配され、考える間もなくバルコニーに飛び込んだ。

だがそれと同時に、男がエノーラに侮辱の言葉を吐きかけながら摑みかかろうとしたのを目の当たりにし、身体が動いていた。

気がつけば男は血塗れでのたうち回っていたし、エルネストの凶行を遠巻きにする人々に囲まれていた。皆戦々恐々とした表情をしている中、エノーラだけは驚いた顔をしていたものの、その目に怯えはなく、ただ淡々とエルネストを見つめていた。

(――森暮らしの賜物《たまもの》か)

狩猟で生き物の命を糧にしてきた彼女にとって、暴力は珍しいものではない。

だから乱闘を見ても落ち着いていられるのだろう。

だがその冷静な眼差しが、エルネストの中の凶暴な感情を余計に昂らせた。

彼女は侮辱された上に、襲われかけたのだ。

いくらエノーラが狩猟が上手くとも、大人の男を相手にして敵うわけがない。俊敏に動けても、力で押さえ込まれたら勝ち目はない。

(どうしてそんなに落ち着いているんだ……！　もっと危機感を持ってくれ……！)

エノーラが落ち着いているのは、呑気なわけではなく、冷静なのだと分かっている。それなのに、苛立ちと焦燥が抑えられなかった。

エルネストは静かな目でこちらを窺っているエノーラの肩を押して、馬車の座席の上に押し倒した。

「……エルネスト様？」

男に押し倒され、のし掛かられているというのに、エノーラは悲鳴を上げるでもなく、不思議そうにこちらを見上げてくるだけだ。

（危機感がないのは、無知だからだ。だから言葉で教えてやればいい）

かろうじて残っている理性がそう囁くのを、エルネストの中の凶暴な怪物が一蹴した。

自分以外の男がエノーラに触れるのを目の当たりにして、エルネストの中で何かが目覚めてしまった。

彼女に触れようとする男の手を切り落としてやりたかった。

邪《よこしま》な眼差しを向ける目をくり抜いて、下卑たことを言う口に放り込んで塞ぎ、あの舞踏室の天井に吊るしてしまえば、この煮えるような腹立ちが少しは収まるかもしれない。

「エルネスト様、痛いです……」

か細い声にハッとなって目をやれば、エノーラの苦悶の表情があった。

彼女は両手首を頭の上で摑まれ押さえ込まれている。

信じられないことに、彼女の手首を拘束しているのは、己の左手だった。

「……ッ」

エルネストは驚いて息を呑んだが、自分がその手を離したくないと思っていることに気がついて、さらに驚いた。

「……エノーラ」

自分で自分を制御できない。こんなことは生まれて初めてだった。

エルネストは軍人だ。冷静さを欠けば判断を誤る。それはすなわち敗退であり、死だ。己の死だけではない。任せられた全ての兵士たち——何万という部下の死でもある。己の肩にかかる命の重さを思えば、否応なしに頭は冷える。だからエルネストは、何か行動を起こす際に己を制御できなかったことなどなかった。

それが今、己の感情も、身体も制することができないでいる。

二人きりの馬車の中で、自分よりも一回り以上も小さな女性を組み敷いている。彼女は痛がっていて、怯えた表情をしている。許しがたい蛮行だというのに、エルネストには彼女を拘束する手を離すつもりはなく、さらに悪いことには、彼女に口づけようと思っている。

普段のエルネストなら、そんな輩は秒で殴り飛ばして再起不能にしているだろう。

「エルネスト様……？」

エノーラは怯えながらも、不思議そうにこちらを見上げていた。

夜の暗がりの中でも、その紫水晶《アメジスト》の瞳が発光しているかのように煌めいている。美しく、曇りのない赤子のような眼差しだ。

無垢で世間知らずな彼女には、今自分が置かれている状況を理解できてすらいないのかもしれない。

（……だからこそ、あんな場所で男と二人きりになどなってしまえる……）

祖母と二人きりの世界で生きてきた娘だ。異性のいない生活の中で、男に対する警戒心が身につくはずがない。

彼女が無防備であることは最初から分かっていたことだ。だから咎があるとすれば、あの狼の巣穴のような場所で彼女から目を離したエルネストだ。

罰せられるべきは己自身。

そう分かっているのに、腹の底に燻《くすぶ》る怒りが消えない。

「……クソ！」

低い罵り声に、エノーラが困ったように視線を泳がせた。

「……あの、すみませんでした……」

「……それは何に対して謝っているんだ？」

不機嫌な声色になった自覚はあったが、止められない。エノーラがちゃんと理解できてないのに謝ってきたのだと分かったからだ。

案の定、彼女は少し怯えたように顔を顰めたが、おずおずと口を開いた。

「……だって、エルネスト様、怒っています。私が何か、エルネスト様を怒らせるようなことをしてしまったのですよね？」

その答えが予想通りで、エルネストは皮肉っぽく笑う。

「やっぱり何も分かっていないな」

自分の答えが間違っていると暗に言われ、エノーラはオロオロとした表情になった。

「……あ、あの、私が何かいけないことをしたのならば、教えてください」

必死に言い募る彼女が可愛くて、可哀想で、エルネストは掴んでいた細い手首を離して、彼女の頬にそっと触れる。指の腹に感じる肌の感触は、白磁器のように滑らかで、自分と同じ人間とは思えないほど柔らかかった。

「君はいけないことをしたんじゃない。しなければならないことを、しなかったんだよ」

「し、しなければならないこと……ですか？」

「そうだ。異性を警戒することをしなかった。いいか、エノーラ。男は女よりも力が強い。身体も大きい。君のように華奢で小さな女性など、あっという間に襲われてしまう。だから、決して二人きりになってはいけない。男は若かろうが年寄りだろうが、全員下心がある。隙あらば君を手籠めにしようとするだろう」

エルネストの言葉に、エノーラは驚いたように目を丸くして、フルフルと首を横に振った。

「嘘です。全員ではないです」

曇りのない目をして否定され、エルネストの中に苛立ちが込み上げる。

チッと舌打ちをすると、ジロリとエノーラを見下ろした。

「嘘じゃない。男は皆、邪な肉欲に支配された狼だ」

「嘘です！　だって、エルネスト様は違います！」

再びキッパリと否定されて、エルネストはカッとなった。

ハッと短く嘲笑し、うっそりとした笑みで口元を歪める。

「俺だって同じ男だ、エノーラ」

「エルネスト様は違います！」

エノーラの表情はまっすぐで強い。エルネストを信じて疑わない強さに満ちていた。

だが今は、その信頼が酷く癇に障る。胸の裏を引っ掻くような不快感に、ますます顔が皮肉げに歪んだ。

「……分からない子だな。ならば教えてやろう」

言うや否や、エルネストはエノーラの唇を奪った。

「……っ!?」

唐突に唇を塞がれて驚いたのだろう。エノーラはビクリと身体を震わせ、顔を左右に振って逃れようとした。だがエルネストはそれを許さず、片手で顎を摑んで固定し、キスを続けた。

エノーラの唇は小さかった。こんなに小さな口で、呼吸をし、物を食べ、話しているのかと思うと、「よく頑張っているな」と頭を撫でてやりたくなる。

だが同時に、この幼気《いたいけ》な唇を思う存分しゃぶり貪って、一欠片も残さず腹の中に収めてやりたいという凶暴な願望もあった。

大事にして甘やかしてやりたいという庇護欲と、奪い尽くして全てを自分の物にしてしまいたいという支配欲——相反する欲望に葛藤しながらも、エルネストはエノーラにキスすることをやめなかった。

柔らかく甘い肉を喰《は》み、擦り合わせているうちに、エノーラが呼吸しようと閉ざしていた唇を開く。その隙を逃さず舌を滑り込ませると、彼女は仰天したようにジタバタと身動《みじろ》ぎをした。それはそうだろう。男女の交際はおろか、異性との接触すらない生活をしていたのだ。唇を触れ合わせるだけのキスだって今が初めての純粋な娘に、舌を差し入れれば驚くに決まっている。

そう分かっていても、エルネストは容赦しなかった。

逃げるエノーラの小さな舌を追い回し、絡め取り、擦り合わせて馴染ませる。最初は抵抗していたエノーラも、次第に慣れてきたのか、エルネストの動きに合わせるようになってくる。

上顎の敏感な部分を撫でると、仔猫のような声で鳴くのが、ゾクゾクするほど可愛いかった。もっとその甘えた鼻声が聞きたくて執拗に口内を弄っていると、快感を覚えたのか、ビクビクと身体を揺らし始めた。

体温の上がった女の身体から甘い体臭が立つのを感じて、エルネストの中の雄が目を覚ます。ドクドクと全身の血脈が早鐘を打ち、頭の中が欲望で白くなっていく。

長く深いキスに、エノーラが降参するように唇を外した。呼吸ができず苦しかったのだろう。ハァハァと忙しなく息をする彼女を見下ろすと、乱れた胸元が露わになっていた。

エルネストが片手で摑んでしまえそうな細い首、浮き出た鎖骨、コルセットの賜物なのか、仰向けになっていても盛り上がった乳房がきれいな山を作っている。

まるで極上の菓子のように、美しく、美味そうだった。

知らず、ゴクリと喉が鳴り、クラヴァットを外そうと上体を起こした時、エノーラの潤んだ瞳と目が合った。

大きな宝石のようなその目から、透明に光る涙が一筋、こめかみを伝って流れ落ちる。

「……エルネスト様……」

その瞬間、エルネストの頭から欲望の酩酊がザッと引いた。

(――俺は、何を……！)

自分がか弱い女性を組み敷き、無体な真似をしようとしていたという事実に、猛烈な悔恨と自責の念が込み上げてくる。

ビタリと動きを止めていると、エノーラが不思議そうに目をパチパチさせてこちらを見上げた。

「エルネスト様？」

「すまない！　怖がらせた……！　こんなつもりでは……」

（こんなつもりではない？　本当か？）

言い訳を口にしようとした時、胸のうちでもう一人の自分が囁く。

（お前はエノーラを自分のものにしたかった。他の男に盗られると思って焦ったんだ）

違う、と叫びたかったが、できなかった。

その通りだったからだ。

「俺は……」

彼女が自分を警戒していないのを良いことに、押し倒し、拘束して、無理やり口づけた。

（お前とあの男の何が違う？）

その通りだ。エノーラを侮辱し、襲いかかろうとしていたあの邪悪な男と何も変わらない。

「……何が、後見人だ」

せせら笑う声が、ため息と共に唇から漏れる。

自分を保護者だと後見人だと言いながら、彼女に危害を加えようとしているのだから、羊の皮を被って騙している分、あの男より余程たちが悪い。

「最悪だ」

己の醜悪な本性に絶望していると、「エルネスト様？」とエノーラが心配そうに呼びかけてきた。

（……君の方が、俺を心配してどうするんだ）

エルネストは眉間に皺を寄せながら、エノーラをそっと起こした。

「……俺に触られるのは嫌だろうが……」

エルネストの低い声に、無垢なエノーラは少し目を見張って首を横に振る。

「嫌ではありません」

どこまでも純真なエノーラに、エルネストは情けなく笑った。彼女は自分がエルネストに襲われかけていたことも理解していないのだろう。

「……嫌であるべきなんだよ」

「エルネスト様を嫌だと思うわけがないです」

「……それじゃ、ダメだ。ダメなんだよ、エノーラ」

エルネストの囁き声は、忙しない馬車の振動にかき消された。

言わなければいけない言葉はたくさんあるはずなのに、エルネストはそれ以上何も言えなかった。

そんなエルネストにエノーラは何かを感じ取ったのか、その沈黙に付き合うように口を閉ざしていたのだった。

第四章　襲撃

「本当にお一人で行かれるのですか、エノーラ様」

心配そうな声に、エノーラは振り返った。

大きな籠を持った若い女性が、困ったような表情でこちらを窺っている。

彼女はエルネストの屋敷の厨房で働く見習いのキッチンメイドで、名前をサリーという。クッキーをお裾分けしてもらったのをきっかけに仲良くなったのだ。

「はい。どうしても行ってみたいのです」

エノーラは決意を込めて頷いた。行こうとしているのは、エルネストが作った王都の外れにある孤児院だ。エノーラがもっと幼ければ入れられていたはずの場所である。

ずっと興味を持ってはいたが、実際に訪れたことはなかった。毎日家庭教師の授業があったし、森から出てきたばかりの頃は、屋敷の中の出来事だけでも十分過ぎるほどの刺激に満ちていて、他のことを考える余裕がなかったのだ。

だがある程度の知識がついた今、自分の置かれた状況を改めて見つめ返すことができるようになった。その結果、エノーラはこのままではダメだと気づいたのだ。

（孤児院で養ってもらえるのは、十五歳まで。その後孤児たちは職に就いて孤児院を出て独り立ちしているそうです。私はもう二十歳です。外の世界の常識はもうだいぶ身についたはずですから、いい加減、職に就くことを本気で考えなくては……！）

危機感を抱いたエノーラは、エルネストに就職先を探したいと言ってみたが、彼は険しい表情をして「必要ない」と首を横に振った。そういうわけにはいかない、と食い下がったけれど、「君は貴族の令嬢であるかもしれないんだ。その可能性がある以上、就職などさせるわけにはいかない。君の印章についての調査が終わるまで、大人しくしていてくれ」とため息をつきながら言われてしまった。

正直、エノーラとしては父親のことなどどうでもいいのだが、印章の調査をしてくれているエルネストに、そんなことを言えるわけがない。

仕方なくクララに相談したのだが、彼女は例のごとく「エノーラ様には必要ありません」の一点張りだ。ランセルもまた同様だった。

そこでエノーラが頼ったのが、このサリーだった。彼女は見習いのため、住み込みではなく通いで城下町からやってきている使用人だ。きっと孤児院のある場所も知っているだろうと踏んだのだ。

エノーラの推測通りサリーは町に詳しく、孤児院までの行き方を教えてくれた。

「お屋敷を出てまっすぐに行けば、大通りがあって、その右角にあるパン屋の前が乗合馬車の停留場になっています」

サリーは行き方を繰り返し教えながら、エノーラにバスケットを手渡してくれた。中から甘くて香ばしい匂いが漂ってくる。孤児院の子どもたちへの焼き菓子が入っているのだ。

「ありがとう、サリー。クッキーやケーキも用意してくださって……なんてお礼を言えばいいか。きっと喜んでもらえると思います」

「いいえ、この程度のこと、なんでもありません。ですが……このことを旦那様はご存じなのですか？」

訊ねられて、エノーラは少し逡巡したが頷いた。

「はい。エルネスト様は知っておられます」

エルネストはエノーラが孤児院に行きたがっていることを知っている。行く許可を出さなかっただけだ。サリーの言った「このこと」の内容をあえてずらしたズルい答えだとは思ったが、嘘はついていない。

サリーは「それならいいのですが」と安堵したように笑って、屋敷の裏口からエノーラを見送ってくれた。大通りには裏口から出た方が早く行けるらしい。

サリーに手を振って歩き出しながら、エノーラは夜会の日の出来事を思い返していた。

馬車の中で、エルネストにキスをされた。唇と唇を重ねるのがキスであり、愛し合う者同士が行う行為であることは知っていたが、経験したのは初めてだった。

（とてもびっくりしたけれど……嫌ではなかった……）

突然な上、初めての行為だったので戸惑いはあったけれど、相手がエルネストだったから、嫌だとか、怖いだとかはまったく感じなかった。

それどころか、嬉しいとさえ思った。エルネストに触れられるのが嬉しかった。彼の匂いも、感触も、味も、全部嬉しくて愛おしかった。

（でも、エルネストさんはそうではなかったみたいです……）

彼と触れ合って、エノーラはとても幸せだったけれど、エルネストは違った。

キスは唐突に終わり、身体を起こしたエルネストの表情は、ひどく苦々しいものだった。

（エルネストさんは、私に異性を警戒しろと教えたかったのですよね……）

行為の直前、彼はとても怒っていた。自分を含めて、男は全て警戒しろ、と何度も怖い顔で言われた。だがエノーラはエルネストを警戒なんてしたくなかった。エノーラにとって、彼はこの世界で一番信頼し、尊敬している人物だ。孤独で寂しい世界から救い上げてくれた神様みたいな人なのだ。そんな人を警戒なんてできるわけがない。

だから強く否定したのだが、彼はきっとそれが気に食わなかったのだ。

（バルコニーの一件で、私のことを危ういと思ったのでしょうね……）

見知らぬ男性に話しかけられ、襲われそうになった。エルネストが助けてくれたからよかったものの、社交界に出て初っ端から躓《つまず》いたのだから、心配になって当然だろう。

それなのにエノーラが言うことを素直に聞かないから、きっと危険を実地で分からせようとしたのだ。彼にとってあのキスは、エノーラへの罰のようなものだったに違いない。

（それなのに、私がキスを拒むどころか、喜んだりしたから……）

エルネストにとっては想定外だったのだろう。彼はとても苦渋に満ちた顔をして「それではダメだ」と何度も繰り返していた。

（物分かりの悪い私に、呆れてしまったのでしょうか……）

あの夜以来、エルネストはエノーラを遠ざけている。

食事はいつも一緒にとっていたのに、彼は仕事が忙しいからと執務室で取るようになったし、家庭教師の授業を受けている時に様子を見にきてくれたりしていたのが、一切なくなってしまった。廊下ですれ違った時にも、心なしか態度が素っ気ない気がしている。

（……私は、もっとしっかりしなくては……！）

エルネストに呆れられ、信頼を失ってしまったのであれば、それを取り戻さなければならない。彼に遠ざけられたままでいるなんて、とてもじゃないけれど耐えられそうにない。エノーラはエルネストの笑顔が見たいし、彼の傍にいたい。だから見直してもらうために努力しなくてはならないのだ。

孤児院へ行くのは、その第一歩だ。

『一人で生きていけるようになりな。誰の手も借りず、自分の足で立って生きていくんだ。それが大人になるということだ』

祖母はそう言って、エノーラが森で生き抜く術を叩き込んだ。その徹底した教育のおかげで、エノーラは森の中では自立して生きることができた。

ところが外の世界に来てからは、自立どころか、衣食住の全てをエルネストに依存して生きている。エルネストなしには、この世界では生きていくことなどできないだろう。

このままではいけない、という強迫観念のような焦燥感は、いつもどこかで感じていた。だが甘やかされる心地好さに、その焦りを見ないふりをし続けてきたのだ。

(エルネストさんにも、私のこの愚かさが伝わってしまったのかもしれません)

エルネストに全てを頼る生活から脱却しなくてはならない。そのために、エノーラは孤児院に行って、職を斡旋《あっせん》してもらえないか訊こうと思っていた。孤児院は卒院する子どもたちの就職も手配しているらしいので、相談に乗ってもらえるのではないかと考えたのだ。

(とはいえ、私はまだまだ世間知らずですし、雇ってくれるところなんてないかもしれません。私に何ができるのか、自分でもよく分かりませんし……。でも、すぐには見つからなくとも、お話だけでも聞いてもらっておけば、どこか雇ってくれるという人が現れるかもしれません)

物は試し、というやつだ。動かなければ始まらないのである。

そんなことをつらつらと考えながら歩いていたせいだろう。

エノーラは、自分の跡を付けてくる複数の人間の気配に気が付かなかった。森の中と違い、外の世界では匂いや音が多すぎて、感じ分けるのが難しいのも一因なのかもしれない。

ハッとなった時には、見知らぬ男たちがすぐ傍まで近づいていて、エノーラはギョッとして振り返ってしまった。付けられている際に、自分がそのことに気づいた素振りを見せるのは愚《ぐ》の骨頂だ。

だが振り向いてしまった以上仕方ない。エノーラは瞬時に籠を投げ捨てて駆け出した。大きな荷物は逃げる際に邪魔になる。

「おい！　逃げたぞ！　追え！」

「向こうから回り込め！　挟み撃ちだ！」

「馬車を持って来とけ！　捕まえたら放り込むぞ！」

エノーラが逃げ出した途端、男たちが大声で怒鳴りながら走って追いかけてくる。

（追ってきたということは、やはり私が狙いですか？　でも、どうして？）

本能的に危険を察知して逃げたが、追われる理由に見当がつかない。訳が分からないが、狙われている以上逃げるしかない。エノーラは全力で走ったが、脇道から男たちの仲間と思われる男が飛び出してきて、体当たりされた。

「――ッ、放してッ！」

ぶつかられた衝撃で目眩《めまい》を起こしながらも、エノーラは手足を振り回して暴れる。

「いてえッ！　大人しくしろっ、このアマッ！」

拳がどこかに当たったのか、エノーラを羽交い締めにした男が怒鳴りながら、布を口元に押し当ててきた。

強烈な刺激臭に、思わず目をつぶった。

（――しまった……！）

顔に当てられた布に、痺れ薬が仕込んであるのに気づいたのは、その刺激臭をわずかに吸い込んだ後だった。これは祖母が気に入らない客に使っていたものと同じだ。咄嗟に息を止めてこれ以上薬を吸い込むのを防いだが、体内に入ったものを戻すことはできない。

ぐらり、と視界が揺れて膝から力が抜けた。

ガクンと自分の身体が落ちる寸前で、背後の男たちに支えられる。

「よし、運べ！」

「馬車の中だ！　早く入れろ！」

視界が揺れていても、声だけはしっかりと耳が拾う。まだ意識が落ち切っていないことに安堵しながらも、エノーラは焦っていた。

どうやらこの男たちは、エノーラをどこかへ連れ去ろうとしているらしい。

なぜ自分が標的になったのかは分からないが、とりあえず連れ去られるわけにはいかない。だが身体は痺れ薬を嗅がされてまったく動く気配はなく、まさに万事休《ばんじきゅう》すの事態である。

（痺れ薬の効果が切れるのは、確か翌日……）

だがそれは祖母が調合した薬の場合だ。エノーラが嗅がされたものが、どのくらいの濃度のものか分からない以上、正確な時間は割り出せない。とりあえず身体が動かない状況で、知らない男に拐《かどわ》かされて、良いことがあるわけがない。

（逃げなくちゃいけないのに……どうしたらいいの……!?）

エノーラは、誰かに助けを求めるのに慣れていない。全てが自己責任なのだと祖母に教えられたからだ。だが今、こうして誘拐されそうになっていても、助けを求めてはいけないのだろうか。

（……そんなの、嫌だ。誰か……誰か、助けて……！）

心の中で叫んでも、麻痺した身体はピクリとも動いてくれない。

男二人がかりで馬車に乗せられそうになった時、矢のような声が響いた。

「エノーラ！」

その声に、エノーラは身体が動かないのに泣きそうになった。

紛れもなく、エルネストの声だ。呆れられ、嫌われてしまったと思っていたのに。

（それなのに、来てくれた……！）

安堵に涙がじわりと込み上げる。

「何をしているんだ！　その手を放せ！　その娘に触れるな！」

エルネストは怒号のような声で叫びながら駆け寄って来る。

男たちは唐突に現れたエルネストに狼狽え、「おい、早く女を入れ込め！」、「馬車を出せ、早く！」、「武器はないのか!?」などと騒ぎ立てている。仲間が馬の手綱を引いたのか、エノーラの身体がまだ全部乗り込んでいない状況で、馬車がガラガラと動き始めた。

「行かせるか！」

エルネストの叫び声と共に、ドカッと馬車に何かがぶつかる衝撃がきた。

「うわ！」

「嘘だろう!?　足が悪いんじゃないのか!?」

「なんでこんなに速いんだよ!?」

「ぎゃあっ！」

身体が動かないので状況が分からないが、誘拐犯たちの文句と悲鳴が続き、男たちの手がエノーラの身体から離れる。ズルリとどこかから滑り落ちる感触がして、エノーラは心の中で痛みを覚悟した。

（――ああ、きっと馬車から落ちているのでしょうね……！）

身体に力が入れば受け身を取ることができるが、このぐにゃぐにゃの状態ではきっとひ

どく打撲するだろうし、骨の一本くらいは折れるかもしれない。来たる痛みに心の中で歯を食いしばったエノーラは、次の瞬間、力強い腕にガシッと抱えられるのが分かった。

ふわり、と心地好い匂いが鼻腔を擽《くすぐ》って、エノーラは心の底から安堵した。

これは、エルネストの香りだ。

「エノーラ、無事か!?」

切羽詰まったような彼の声に薄く目を開くと、血相を変えてこちらを覗き込むエルネストの美貌が見えた。

(……ああ、エルネストさんだ……)

そう実感した途端、必死で保っていた意識の糸がぷつんと切れる。

「エノーラ!? おい、しっかりしろ! エノーラ!」

エルネストの悲鳴を遠くに聞きながら、エノーラはあっさりと気を失ったのだった。

＊＊＊

――ようやく『森の娘』が外に出た。

ほぅ、と吐息が漏れたのは、安堵からか、それとも焦燥からか。

おそらく両方が入り混じった感情なのだ。

望む『結末』を迎える時、自分がきっと怯えながらも安心するのだろうから。

早く楽になりたい——いや、あと少しだけこの場所に留まっていたい。この行き場のない葛藤は、真実を知ってしまった時からずっと、自分を苛み続けてきた。

——全て私が望んだものではない。この場所も、この罪も。

なぜこのような想いをしなくてはならないのか。この世の全てを呪いたくなる夜もある。

だが、全て己の手の中にあるのも事実だ。

——ならば、決着もまた、己の手で着けなくてはならない。

全てを、あるべき場所へ。あるべき者の手に。

第五章　別離

「王宮へ招かれた。二日後だ。準備をしておいてくれ」

そう告げた時、エノーラは驚いた顔をしていた。

それはそうだろう。彼女は昨日医者からベッドを出る許可が出たばかりなのだ。

病み上がりだというのに、王宮に連れていくと言われれば、困惑して当然だろう。

(だが仕方ない。これはエノーラのためだ)

あらゆる意味で彼女の身の安全を確保するために、必要なことなのだ。

胸のうちでは様々な感情が込み上げるが、エルネストはそれを理性の力で押し殺した。

(今最も重要なのは、エノーラの安全だ。俺の感情などどうでもいい)

まして自分は、彼女に危害を加えるかもしれない人間の一人だ。離れておくに越したことはない。

「あの……王宮というと、エルネスト様のお兄様のいらっしゃるところでしょうか？」

エノーラの問いかけは、どこかぎこちなさを含んでいる。エルネストの態度が硬いせいで、萎縮《いしゅく》してしまっているのだ。

何も悪くない彼女を怯えさせていることに罪悪感を抱き、すまないと謝って頭を撫でて安心させてやりたい気持ちになったが、エルネストは歯を食いしばってそれを堪えた。

「そうだ。兄王が、君に会いたいと言っている」

「私に、ですか？　……あの、どうしてでしょう？」

「……君の噂が兄の耳にも入ったらしい。会ってみたいそうだ。どのみち、折を見て兄には紹介しなくてはと思っていたから、丁度良いと思ってね」

「……ええと、はい。分かりました」

未だ戸惑った表情のまま、それでもエノーラは頷く。おそらく彼女はエルネストが言えば、大抵のことは諾《だく》と言うのだろう。

それを分かっていて、詳しい説明をしないまま要求を呑ませる自分は、どうしようもない悪党だなと思ってしまう。

（すまない、エノーラ）

エルネストがどういうつもりで王宮へ連れて行こうとしているかを知ったら、エノーラはきっと泣くだろう。情けないがエルネストには、彼女に泣かれてもなお自分の意思を押し通す自信がない。エノーラが泣いて嫌だと言えば、きっと「分かった」と言ってしまうのだ。

だから事情は当日、王宮で話そうと思っていた。

(卑怯かもしれないが、許してくれ、エノーラ)

執務室から静かに去って行く華奢な後ろ姿を見送りながら、エルネストは心の中で懺悔する。


——エノーラの襲撃事件から一週間が経過していた。

危機一髪、誘拐を回避した後、失神したエノーラを抱き上げて屋敷に戻ったエルネストは、猛烈に後悔した。

犯人たちは、明らかにエノーラを狙っていた。なぜ彼女が狙われるのかは不明だが、きっかけは明白だったからだ。

(——あの夜会に連れて行ったせいだ)

エノーラは森から出た後、ほとんどの時間を屋敷の中だけで過ごしている。屋敷の使用人は皆口が堅く、内情を他所に漏らすような愚か者はいない。だから彼女の存在が外に漏れていることはない。また人嫌いなエルネストは王都に住んでいても社交というものを一切しないいため、エノーラを拾ったことは公《おおやけ》になってはいなかった。

つまり、この王都でエノーラの存在を知る者はいなかったのだ。

そしてエノーラが襲撃されたのは、あの夜会に連れて行ってすぐだ。あの夜会で彼女の存在を知った者の仕業ということだ。

（身なりや言動、所作からして、あの男たちはおそらく寄せ集めだ。金で雇われたゴロツキどもだろう。であれば、雇った者がいるということだ）

エノーラを狙った理由として考えられそうなことは、エルネストの配偶者の座を狙っている者がエノーラの存在を邪魔に思ったというもの。

或いは、エノーラを欲している者の犯行かもしれない。

前者であれば容疑者は絞れる。婚外子であるとはいえ、王弟にして英雄であるエルネストは、権力を得たい者にとっては格好の標的だ。権威主義者で、かつ、これまでエルネストに阿《おもね》る態度を取ってきた者――となれば、数名思い当たる。

問題は後者である場合だ。エノーラは美しい娘だ。妖精のような愛らしい美貌に加え、白金の髪と菫色の瞳という、珍しい特徴も持っている。いつの世でも、金や権力を持つ者は、美しく珍しいものを手に入れたいと欲するようになるらしい。

（あの忌々しいサウスモーランドの息子や、アレクサンドルがいい例だ）

思い出すだけで腸《はらわた》が煮えそうになるが、ともあれ一夜にして何人もの男を魅了するエノーラは、傾国の美女と言っても過言ではないのかもしれない。

（彼女を攫って自分のものにしようとする輩がいたとしてもおかしくはない）

エルネストは自分の迂闊《うかつ》さに臍を噛みながらため息をついた。こんなことになるのなら、エノーラを社交界デビューなどさせなければ良かった。だがあの時は、彼女の父親を探すいい機会になると思ったのだ。

(父親を探すどころか、エノーラの身を危険に晒すことになってしまうなんて……)

自分も初めて彼女に会った時、その美しさに驚嘆したはずだったのに、どうして忘れてしまえたのか。

犯人の目的が前者であれ後者であれ、エノーラをこのまま自分の傍に置いておくのは危険だとエルネストは判断した。屋敷のすぐ近くで襲撃に遭ったことを考えれば、犯人は彼女の居場所を把握している。ならば彼女を移動させる必要があるだろう。

最も安全な場所としてエルネストが選んだのが、王宮だった。

国王のおわすところであり、当然ながら警備も厳重だ。なにより、彼女の後見人がエルネストではなく国王であれば、おいそれと手出しができない存在となる。

(そして何よりも、俺自身からも守ってもらえる場所だ)

エルネストは自嘲ぎみに笑い、瞼を伏せる。

あの夜会以来、エルネストはエノーラの顔をまともに見ることができなくなった。

自分がエノーラを女性として見ていることに気がついてしまったからだ。それだけではない。自分以外の男が彼女に触れるのを見て逆上した。それはつまり、彼女を自分のものだと思っていたということだ。

(俺は自分でも知らぬ間に、エノーラを愛していたのだ……)

いつの間にこんな想いを抱いていたのか、自分でもよく分からない。ただ、エノーラは一目見た時から気にかかって仕方ない存在であったのは確かだ。気がかりというか、目が離せないというか——自分はそれを幼い子どもへの心配だと思っていたのだが、もしかしたら違っていたのかもしれない。

領地から戻って来た際、エノーラがあまりに大人びて見えて驚いた。思えばあの時、彼女を初めて同世代の女性だと認識したような気がする。だが大人びて見えたかと思えば、以前のまま無邪気な表情をするのが可愛くて、学んだことを一生懸命披露して見せる姿が堪らなく愛おしいと思った。

彼女のためならなんだってしてやりたいと思ったし、実際に思いつく限りのことをしてきた気がする。彼女のために服を買い、好物を取り寄せ、家庭教師を山のようにつけた。兄王に出席を促されても嫌だと断っていた、大嫌いな社交界にも顔を出しさえしたのだ。

「——はは、本当に、『保護者』だなんてどの口が言っていたんだろうな……」

振り返ってみれば、自分で気づかないのがおかしいくらいに、彼女を特別扱いしている。それなのに、これまでやってきた戦災孤児の養育などといった慈善事業の一環だと思っていたのだから、呆れたものだ。

保護者だ、後見人だなんてとんでもない。

自分は隙あらばエノーラを我が物にせんとする、邪な欲望を抱く獣だ。彼女の傍にいていいはずがない。

「俺自身から君を守らなくてはいけないんだ、エノーラ」

純粋無垢なエノーラは、初めて会った祖母以外の人間で、自分を森から連れ出してくれたエルネストを、心から信頼し慕ってくれている。まるで、初めて見たものを親だと思い込み、ついて回る雛《ひな》鳥のごとく。

彼女のその信頼を裏切りたくない。いや、裏切ってはならないのだ。

(だから、どうか分かってくれ。これが最善の道なのだと)

来るべき別れの時に、エノーラはきっと泣くだろう。その涙に、自分は耐えなくてはならない。それを思うと、エルネストの胸は重く沈むのだった。

＊＊＊

エノーラがエルネストに連れられて王宮へ向かったのは、それからほどなくしてだった。

王宮の広間《サルーン》に到着すると、出迎えた侍従によってすぐに客間の一つに通された。南の庭に面した比較的こぢんまりとした客室で、王が比較的親しい客を招く時に使うところなのだそうだ。

こぢんまり、とエルネストは表現したが、エノーラの目にはとても豪奢に見える。エルネストの屋敷もとても素晴らしいが、ここに比べると装飾があまりないことが分かった。

これが絵本に書かれていた「お城」なのだなと実感していると、部屋の扉の前に立つ侍従が大きな声で言った。

「陛下のおなりにございます」

その言葉を合図にエルネストが立ち上がって膝を折ると、エノーラもそれに合わせて淑女の礼を取った。王宮訪問に当たって、クララに礼儀作法の再確認を徹底されていたので、慌てずにできてホッとする。

「ああ、畏《かしこ》まらなくていい。楽にして」

優しそうな男性の声がして、衣擦れの音と共に国王が目の前に来る気配がした。

「やあエルネスト、久しぶり」

ふふふ、と笑みを含んだ挨拶に、エルネストが呆れたように答えるのが聞こえる。

「ついこの間も会ったでしょう」

「そうだったかな？　でもほら、弟の顔はいつだって見たいものだから。心配なんだよ、私はいいお兄ちゃんだから」

「ご自分で言うことではないと思いますよ。……エノーラ、頭を上げていいぞ」

いつ礼を解いていいのか分からずに頭を下げたままでいると、エルネストが声をかけてくれた。顔を上げると、茶色の柔らかそうな髪に、鳶《とび》色の瞳をした柔和な印象の男性がこちらを見つめていた。

（この人が、エルネストさんのお兄さんで、この国の王様……）

異母兄弟だからだろうか。全体的に男性的で硬質な美貌のエルネストに対し、王は柔らかく優しげな容貌で、あまりエルネストには似ていない。

「やあ、君がエノーラだね。いやはや、なんて美人なんだろうね」

目を丸くして言われて、エノーラは答えに窮《きゅう》してしまう。王宮に上がるとなって、数日クララと礼儀作法の確認をしたが、国王からそんな言葉を賜《たまわ》るなんて習わなかったからだ。　だが知らないものは仕方ない。エノーラはカーテシーをして淡々と挨拶の言葉を口にする。

「この国の太陽、国王陛下にご挨拶申し上げます」

「挨拶をありがとう。楽にしなさい。……驚いたな。なんて見事な髪の色だ……」

その言葉に、思わず自分の髪に手をやってしまった。確かに自分と同じ髪の色の人は見たことがない。クララにも髪の色を褒められたことがあったが、クララはエノーラのことならなんでも褒めてくれるので、あまり気にしたことはなかった。

（私の髪の色は、そんなに驚くような色なのでしょうか……）

なんとなく不安になってエルネストを見上げたが、彼は「気にするな」というように軽く微笑み、兄王に向き直った。

「兄上、彼女が『森の魔女』カミラの孫娘、エノーラです。カミラが死に、天涯孤独で北の森に住んでいたところを俺が保護しました。エノーラ、知っているとは思うが、この方がこの国の王にして……」

「ああ、やめてくれ。私は今日、国王として会いたかったわけじゃない。お前の兄として、彼女に会いたかったんだ」

紹介の途中で国王がうんざりしたように手を振り、にこやかにエノーラへ手を差し出した。

「やあ、私はエルネストの兄、ジョージだ」

気易い口調と仕草は習ったこととまるで違い、エノーラは戸惑ってしまったが、差し出された手を取らないわけにはいかない。おずおずと自分の手を重ねると、国王はそれをぎゅっと握った。温かい手だった。

「エノーラと申します。どうぞお見知りおきいただけましたら、この上ない幸せにございます」

もう一度頭を下げて言うと、国王はふふふと含み笑いをしながら頷いた。

「君のように美しい令嬢は、我が妻が大変喜ぶだろうな。よかったら妻に会ってやってくれないかな？　今頃は、中庭で娘と遊んでいるよ」

＊＊＊

「驚いたよ。あれほど美しい娘なら、お前の懸念ももっともだろうな」

中庭へ向かったエノーラが部屋を出た途端、兄王がため息をつきながら言った。

「……では、エノーラをこちらで預かっていただけるのですね？」

単刀直入に切り出すと、兄王は「もちろんだ」と首肯した。その答えを聞いて、エルネストは思わず深く息を吐き出した。

「……良かった。このままでは彼女を危険に晒してしまうと心配だったのです。王宮ならば安全です」

「お前の頼みとあらば、この程度のことといくらでも。……だが、お前はそれでいいのか？あの子を手放したくないと思っているのではないか？」

さすがは兄といったところか。鋭い指摘に、エルネストは一瞬絶句した。すると兄がやれやれと言うように肩を上げる。

「エル、そんなに手離したくないのなら、自分のものにしてしまえばいいじゃないか」

「――それは……できません。俺はエノーラの保護者です」

「彼女の方はお前のことを好いているように見えたが？　とても懐いているようだ」

「それは森で最初に出会ったのが俺だったというだけです」

「好きだと思い込んでいるだけだと？　……これはこれは、あの娘も可哀想に」

呆れたように笑われて、エルネストはムッとなった。

「……どういう意味ですか」

「そのままの意味だよ。真摯に愛を告げた相手に、その告白を疑われてはなす術がないじゃないか。自分の想いを信じてもらえなければ、悲しいものだ」

ぐうの音も出ないほどの正論を返され、エルネストは天を仰いで深いため息をついた。

「……ですが、俺は保護者だ。あの子の気持ちを受け入れるわけにはいかないのです」

これが散々苦しい葛藤の末、自分が出した結論なのだ。

エルネストは瞼をギュッと閉じた後、大きく息を吸ってから、兄に向き直る。

「兄上。――エノーラをよろしくお願いします」

兄は黙ったままエルネストを見つめていたが、やがて困ったように小さく首を傾げた。

「お前はそれでいいんだな？」

「はい。それがあの子のためですから」

「――そうか。分かった。なら、エノーラ嬢はこのまま王宮に置いていきなさい。キャサリンと子どもたちのいる宮でひとまずは預かろう」

「はい」

「それと、エノーラ嬢の父親の件だが……」

「それについては、引き続き俺が調査します」

エルネストは兄の言葉に被せるようにして言った。

エノーラの傍から離れるが、彼女の保護者であることまでは放棄しない。――というよりも、彼女との接点を失うのが怖かったのかもしれない。

「ああ、そうしてもらおうと思っていたんだ。調査はもう進んでいるみたいだし、私が最初からやるよりは効率が良いだろうからね」

以前エノーラの祖母の記録を探るために、典医の記録を見せてもらった時、兄には何を調べているのか報告済みだった。

「はい。典医の記録からは何も分からなかったので、薬師のギルドを当たってみようと思っています」

「なるほど、薬師のギルドか。進捗《しんちょく》があったらまた知らせてくれると嬉しいな」

「勿論です。……では俺は、彼女に説明をしてきます」

何も言わずにここに置き去りにするわけにはいかない。

（……エノーラに、ちゃんと伝えなくては）

きっと驚いて、嫌だと泣くだろう。エノーラを泣かしたいわけではない。彼女には、ずっと笑っていてほしいのだ。

（……エノーラの、幸せのためだ……）

泣かれても、嫌がられても、自分の口で伝えなくては。

そう思って踵を返すと、兄は思い出したように付け加えた。

「ああ、エノーラ嬢の父親だけどね、もしかしたらフィノール地方の出身者かもしれないよ」

「フィノール地方、ですか？」

意外な情報にエルネストは目を見開いた。

フィノール地方はこの国の北方にある辺境の地だ。一年を通して寒く痩せた貧しい土地だが、異民族の侵入を防ぐ要塞があることから、人口はそこそこ多い。軍用地であるためフィノールは王家直轄領であり、その土地に根付く貴族は存在しないはずだ。

（つまりエノーラの父親は貴族ではないということか……？　いやそれよりも……）

「なぜフィノールが出てきたのですか？」

「あの子の髪の色だよ」

「髪の色、ですか？」

そういえば先ほど、兄はエノーラの髪を見て驚いていた。

「そう。髪や目、肌の色素の薄い子どもは、日照時間の少ない土地で生まれやすいそうだ。フィノールはまさにその特徴の地だ」

「なるほど……」

「まあ、大雑把な推測だけどね。一つの情報ではあると思うよ。参考までに！」

調査を頼んだよ、と肩を叩かれ、エルネストは部屋を辞し、庭へ向かった。

＊＊＊

「あら、ようやくあなたの騎士《ナイト》がお迎えに来たわよ」

王妃の声がして、エノーラはルイーズ王女のふくふくとしたほっぺたから目を上げた。

国王に言われた通りに侍従に案内されて中庭に行ったエノーラは、そこで国王と同じくらいの年齢の女性と三歳くらいの幼女が、たくさんの召使に囲まれながらお茶を嗜んでいるのを見つけた。

優美なガゼボに腰掛けるその様は、絵本で描かれていたような『美しいお妃さまと、可愛らしいお姫さま』そのもので、エノーラはすっかり心を奪われてしまった。

王妃は突然現れたエノーラにもとても優しく、「あらまあ、陛下のお友達ならぜひお茶をいかが？」とお茶に招いてくれたし、ルイーズ王女は興味津々でエノーラに話しかけ、抱っこまでせがんでくれた。こんな小さな子に触れるのは初めてで緊張してしまったが、ルイーズ王女は人懐っこく、エノーラはその可愛らしさにすっかり夢中になってしまった。

「王妃さま、何かおっしゃいましたか？」

エノーラが聞き返すと、王妃は「ほら」と言うように顎を上げ、噴水の方を示す。するとその奥の方に、こちらへ向かって歩いてくる長身の姿があった。

「エルネスト様！」

鍛え上げられていると分かる全身と、少し足を引きずる歩き方で、遠くからでもすぐ分かる。だが多分、歩き方の特徴がなくともすぐに彼だと分かってしまうだろう。その姿を見るだけで、こんなに心が高揚するのはエルネストだけなのだから。分かりやすく喜色を露わにするエノーラに、王妃がクスクスと鈴を転がすような声で笑った。

「まあ、本当にエルネスト殿下のことが大好きなのね」

「はい！　大好きなんです！」

お茶を飲みながらエルネストの話をたくさんしたのだ。満面の笑みで答えると、王妃は一瞬きょとんとした顔になって、それからまた美しい笑みを浮かべた。

「ふふ、あなたって、本当に可愛らしいこと。なんだかわたくし、あなたのことが大好きになってしまったわ」

「私も……あっ、いえ、とても恐れ多いことです」

私もです、と反射的に言いそうになって、エノーラは慌てて言い直す。とてもフレンドリーなので失念していたが、この方はこの国で一番高貴な女性だ。失礼があってはいけない。

(私のせいで、エルネストさんの評判が下がってはいけませんから……!)

王宮に来る前に慎重に行動しようと思っていたのに、愛らしい王女様の存在に夢中になってしまっていた。

「まあ、そんな格式ばったことを言うのは似合わないわ。わたくし、あなたのその無邪気さがとても愛おしいのよ。だからそのままでいてね」

王妃は微笑みを浮かべ、優雅な手つきでエノーラの顎をそっと撫でる。ふわりと甘い香水の匂いが鼻腔をくすぐって、エノーラはなぜか顔が赤くなってしまった。

「は、はい……」

まるで絵本に出てきた、聖母さまのようだ。

(お母さんが生きていたら、こんな感じなのでしょうか……)

そんなことを夢想していると、「エノーラ!」と鋭い声が飛んできてハッとなった。

見れば、先ほどまで小さくしか見えなかったエルネストが、すぐ傍までやってきていた。

彼は少し強張った表情をしていて、エノーラの腰を攫うようにして引き寄せると、自分の背後に隠すようにして王妃と向き合った。

「義姉上。彼女が何か粗相でもいたしましたか?」

その一言に、エノーラは驚いてしまったが、王妃もまた同じだった。目をまんまるにして、呆気に取られたようにエルネストを凝視した後、弾けるように笑い出した。

「ホホホ！　まあ、なんてこと！　あの人嫌い王子が、こんなに血相を変えるだなんて！」

その笑い方は遠慮がなく、彼女が腹の底から笑っているのが分かる。おそらく品行方正な王妃のこんな大笑いは珍しいのだろう。お付きの女官たちもびっくりしているし、ルイーズ王女もきょとんとした顔になっていた。

ただ一人、エルネストだけは苦虫を噛み締めたような顔だ。

「義姉上……！　揶揄うのはやめていただきたい」

「やだ、だって、あなた！　女性が寄ってくるだけで悪鬼のような形相をしていた気難し屋が、女性をそんなに必死に庇うなんて……！　ふふ、フフフフ……！」

王妃はまだ笑いの発作が治らないのか、細い肩をプルプルと震わせている。

エルネストは深いため息をついて天を仰いでいる。

「義姉上……」

「あー、本当におかしいわぁ。人って成長するものなのねぇ」

ホホホホ、と爽快な笑顔で言う王妃に、エルネストはもう無言だった。何を言っても無駄だと判断したのだろう。どうやら元将軍の英雄様も、義理の姉には敵わないらしい。

「言っておくけれど、わたくしは虐めていたのではなくってよ。エノーラがあまりに可愛らしいから、愛でていただけ。ねぇ、エノーラ」

二人の会話に啞然としていたエノーラは、唐突に話を振られて「は、はい！」と首を上下させたが、エルネストはまだ疑わしそうな表情だ。

するとと王妃が呆れたように肩を竦める。

「あらまあ、そんなに心配なら、ご自分でちゃあんと守っておあげなさいな」

そう言い置くと、王妃は懐からスイと扇を取り出し、それを女官たちに向かって一振りして見せた。それが合図になっていたようで、周囲の女官たちがサッと動いてお茶会の後片付けを始める。訓練された王宮女官の仕事は速く、あっという間に片付けが済むと、王妃は小さな王女を抱き上げて「それではね」とエノーラに微笑みかける。

「あっ、お茶、ご馳走様でした……！」

ぺこりと頭を下げると、王妃はまた「ふふふ」と鈴の音を転がすように笑った。

「本当に可愛らしいこと。その怖い英雄様に虐められたら、すぐにわたくしのところにいらっしゃいな。あなたならいつだって大歓迎よ」

優しいのか辛辣なのか分からない言葉をかけると、王妃たち一行は中庭を去っていった。

残されたエルネストとエノーラは、しばらく無言のまま並んで立っていたが、やがてエルネストが声を発した。

「……王妃と何を話していた？」

「え？　何を……」

何の話をしていただろうか、と考えたが、大した内容はなかったように思う。

エノーラは頭の中で記憶を振り返りつつ答えた。

「王女様と遊んでいましたから、あまりお話というお話はしていないのですが……」

「そうか。王妃は君に優しかったか？」

「え？　は、はい。とても優しくしてくださいました。王妃様は、絵本に出てきた聖母様のようだなと思ったくらいです。ルイーズ様もとても可愛らしくて……私、小さなお子さんに触るのは初めてだったのですが、とっても柔らかくてふわふわなんです」

なぜそんなことを訊くのだろう、と思ったが、話しているうちに先ほどの楽しい経験が蘇ってきて、自然と顔が綻《ほころ》んだ。エルネストはそんな自分を目を細めて見つめていて、エノーラの胸に何か得体のしれない不安がじわりと込み上げる。

「そうか。楽しかったみたいだな」

「はい、それは……楽しかったです」

「聖母様……そうか」

「……あの、エルネスト様、どうかなさったんですか？　なんだか……あの……」

エノーラはそこで言い淀んだ。

エルネストの様子がおかしい。だがその違和感を言葉で表現するのが難しかった。

質問の内容が、というよりも、彼の雰囲気だ。獣が獲物を追うことを諦めた時のような、やるせない物寂しい雰囲気が、彼から漂っているのだ。

エルネストはエノーラの問いには答えず、そっと手を引いて傍にあるガゼボへと導いた。そしてベンチにエノーラを座らせると、自分はその足元に跪き、エノーラと目を合わせてきた。間近に彼の美しい顔が現れて、エノーラは一瞬ドキリと胸を高鳴らせてしまう。

夜会の夜の、馬車の中での一件を思い出したからだ。

エルネストに、キスをされた。エノーラはもちろん生まれて初めてのキスだった。いつか誰かとするのだろうなと夢見ていたが、それがエルネストになるなんて思いもしなかった。驚いたけれど、嬉しかった。彼にしてみれば、無防備すぎるエノーラへの警告と教育だったのだろうが、それでもエノーラは嬉しかった。

もちろん、彼が自分を愛しいと思ってくれていたなら、もっともっと嬉しかっただろう。

(……でも、違うから。エルネストさんは、私に〝保護者としての責任〟しか感じていないのだもの)

元々、エノーラは彼に偶然拾われたにすぎない平民だ。森の中で孤独死する運命の娘を放っておけないエルネストの慈悲に縋っているだけの立場なのに、彼の愛情まで欲しがるのは分不相応に決まっている。

(だから、あの夜のキスは一生の宝物です……)

気づいたとほぼ同時に破れてしまった初恋だった。それでも、彼の傍にいられるだけでいい。一生叶うことのない片恋であっても、想いだけはエノーラの自由なはずだ。

（好きです、エルネストさん……。思い続けることを、どうか許してください……）

懺悔する気持ちで彼の新緑色の瞳を見つめ返していると、エルネストが困ったように目を伏せた。目を逸らされたことを寂しく思っていると、エルネストの声が響く。

「君に言わなくてはならないことがある」

改まった言い方に、エノーラは先ほど感じた不安がむくりと頭を擡《もた》げるのが分かった。

「……はい」

心臓が嫌な音を立てて早鐘を打ち始める。これは悪いことが起きる時の予感だ。森に住んでいた頃、この予感がした時は決まって悪いことが起きた。木から落ちたり、猪《いのしし》に襲われたり、食べた実に毒があって死にかけたこともある。この予感は必ず当たるのだ。

戦々恐々としながら彼の次の言葉を待っていると、エルネストが逸らしていた目をこちらに向けた。

「エノーラ、ここでお別れだ。君は今日から、王妃のもとで暮らすんだ」

ガン、と頭を殴られたようなショックを受け、エノーラは絶句する。

（エルネストさんが、私を捨てようとしている……！）

彼が王宮にエノーラを連れてきたのは、このためだったのだと気づき、浮かれていた自分を叩きたくなった。こんなことなら、絶対にエルネストの屋敷を出たりしなかったのに。

「エ、エルネスト様は、私を捨てるのですか……？」

問う声は、みっともないほど震えて掠れていた。

エルネストは「違う」と即座に首を横に振ったが、その表情は硬く険しい。

「君のためなんだ。最初君を俺の屋敷に連れてきた時、俺は君がもっと幼い少女なのだと思っていた。だが君は俺とそう歳の変わらない、妙齢の女性だった。父親が貴族である可能性がある以上、このまま俺の屋敷に住んでいるのは外聞が悪い。俺が後見人であるよりも、女性である王妃が後見人となる方が、君の将来にとって有益なことなんだ」

エルネストが懸命にしてくれる説明の内容は、まったく頭に入って来なかった。

ただひたすら、彼と離れ離れになってしまうことが怖かった。

冷や汗が込み上げて、ガタガタと震え始める身体を抱き締めるようにしながら、彼を見た。

「い、嫌です……！　私は、エルネスト様の傍にいたいのです。どうかお願いです……」

「エノーラ。君のためなんだ」

「嫌です。私のためというなら、お傍に置いてください……！」

「お願いだ、エノーラ。話を聞いてくれ」

取りつく島のないエルネストに、エノーラはボロボロと涙が溢れてくる。

彼の腕に取り縋りながら、必死に懇願した。

「どうしてですか？　私がエルネスト様を好きになってしまったからですか？」

その一言に、エルネストの表情がハッキリと強張るのが分かって、エノーラは心の中で絶望する。

（……ああ、やはり、そうなのですね……。エルネストさんは、私の恋心に気づいていたから……）

自分を遠ざけようとしているのだ。この恋心が、迷惑だから。

だが、それでもエノーラは、一縷《いちる》の望みを捨てたくなかった。

エルネストは、エノーラに生きる喜びの全てを教えてくれた。森から——孤独から救い上げ、獣ではなく、人として生きることを教えてくれた。学ぶ喜び、人と交わる喜び、食べる喜び、歌う喜び——生まれて初めて感じる幸福の全てを与えてくれた人なのだ。

どうしても、彼の傍にいたい。彼の傍で生きていきたい。

「エルネスト様に愛し返してほしいなんて言いません。ただあなたの傍にいたいのです。お願いです。どうか、私を捨てないでください……！」

最後の方は、涙が絡んで声になっていなかった。涙と鼻水で、顔はぐしゃぐしゃだろう。だがそんなことに構っている余裕などない。

泣き縋るエノーラを、エルネストはしばらく黙ったまま見つめていた。

きっと呆れたのだろう。ただ救って庇護してやっただけなのに、こんな邪な恋心を抱いた上に、まだ傍にいたいなどと泣いて我儘《わがまま》を言ったのだ。きっともう声もかけてくれない。

情けなさにまた涙が込み上げてきた時、温かい手がエノーラの手を握った。

「顔を上げなさい、エノーラ」

優しいけれど、揺るぎない声で命じられ、エノーラはおずおずと頭を上げる。

するとそこには、真剣な表情をしたエルネストの顔があった。

「今日で俺は君の傍を離れる。だが、君が助けが必要な時には、必ず駆けつける。誓うよ」

彼はそう言って、掴んだエノーラの手の甲に口付けた。柔らかな唇の感触がして、去っていく。涙で滲んだ視界で呆然とそれを眺めていたエノーラに、顔を上げたエルネストが言った。

「これは、騎士の誓いだ。騎士道などもう古いという者もいるが、俺は武力を行使する者は全て騎士道を重んじるべきだと信じている。騎士の力は、正義のため、弱き者のため、そして親愛なる者のためにあるべきだ。——俺の力は、親愛なる君のためにある。騎士の誓いは、絶対だ」

その言葉に、エノーラはまたボロボロと泣いた。

騎士の誓いというものに、どれほどの力があるのか、正直なところエノーラには分からない。だが、彼が自分を「親愛なる者」だと言ってくれた。もうそれだけで、この先の人生を生きていけると思った。

（エルネストさんが「絶対」だというなら、それでいい。それを信じればいい）

自分に言い聞かせ、エノーラは泣きながら頷く。

「……は、い。はい。分かりました。エルネスト様の、言うとおりにします……」

絞り出すように言った言葉に、エルネストはただ黙って頷いていた。

そしてエノーラの涙が止まるまでずっと、傍に寄り添っていてくれたのだった。

第六章　蓋を開く

四方を畑に囲まれた茅葺《かやぶ》き屋根の建物の前で馬から降りると、エルネストは屋敷の入り口に立っていた灰色のフードを被った壮年の女性に声をかけた。

「やあ、どうも。ここは……」

手綱を持ったまま挨拶をするエルネストに、その女性はフードを取って微笑んだ。

「〝サンダーズ・ガーデン〟――薬草師たちのギルド本部ですわ。ようこそ、ラトランド公爵様。お手紙を拝見し、そろそろいらっしゃるのではないかと思っておりました。お目にかかれて光栄です」

「おお、ではあなたが――」

「私はジョン・サンダーズ。〝サンダーズ・ガーデン〟の長《おさ》を勤めております」

エルネストは脇から現れた馬丁らしき男に馬の手綱を預けながら、ジョン・サンダーズに歩み寄る。

ここは王都の郊外にある薬師ギルドの本部だ。過去に薬師登録をした者について話を聞きたいと手紙で申し入れたところ、快諾の返事が来たので、エルネストは逸る気持ちのままに馬を走らせてやってきたのだ。

「これは驚いたな。てっきり男性だと思っていた」

ジョンは一般的に男性の名前だからそう言うと、彼女は細い眉をヒョイを上げて皮肉げな笑みを浮かべた。

「わざと男性名を使っているのです。女性だと分かると高圧的になる者が少なくないので」

「なるほど」

「ですが、我々のギルドに登録している薬草師の多くは女性です。昔この国では、薬は女性が台所でハーブを調合して作っていたものでしたし、有名なハーブ園の多くは修道院が経営していたものでしたから。ちなみに、我々ギルド員が自分たちを〝薬師〟ではなく〝薬草師と〟呼ぶのは、ハーブが薬学の始まりであるという認識からです」

どうやらギルド長は饒舌《じょうぜつ》な性質のようで、エルネストを建物の中に招き入れ、応接室の椅子を勧める間もずっと喋り続けている。

エルネストは愛想笑いでそれを聞きつつも、内心ホッとしていた。往々にして職業ギルドというものは閉鎖的で、外部の人間に情報を漏らすまいとしがちなのだが、このジョン・サンダーズは攻略しやすそうだ。

「それで、お聞きになりたいという件ですが……」

椅子に座って向かい合ったところで本題を切り出され、エルネストは居住まいを正した。

「手紙にも書いたが、とある薬師の情報を探している」

「〝森の魔女〟カミラ、でしたか。亡くなったとか……」

「ああ。カミラには娘がいたのだが、彼女も早世《そうせい》している。だから情報がほとんどない状況でね。噂ではカミラは典医をしていたらしいが、記録を見てもその名はなかった。藁《わら》にも縋る思いでここを尋ねてきたというわけだ」

王宮の典医であったなら、その名前は記録に残っているはずだ。もちろん王宮に出入りする者である以上素性も確かでなければならず、その出自についても記録されている。エルネストは歴代の典医の記録を調べたが、それらしい人物は見当たらなかったのだ。

「何か知っていることがあったら教えていただきたい」

エルネストの要求に、ギルド長は一度瞬きをした後、静かな口調で言った。

「……過去に我々〝サンダーズ・ガーデン〟に、カミラ・フラウという人物が登録されていたことはございます」

「本当か!?」

エノーラの家の苗字は不明だったから、それが森の魔女であると決まったわけではないが、可能性はある。喜び勇んだエルネストに、しかしギルド長はニコリと食えない笑みを浮かべる。

「我々の持つ情報を提供しても構いません。ただし、条件を一つ呑んでいただきたい」

「条件？」

「ええ。我々〝サンダーズ・ガーデン〟を、この国で保護していただきたいのです」

その要求に、エルネストは口元を引き攣《つ》らせた。

ギルドとは商工業者や職人などによる特権的同業者組合であり、職種によっては国がそれらに保護を与えることもある。この国においては、過去に絹織物を輸出品として大々的に生産した時代があり、その際絹織物業者のギルドに保護を与えた例がある。具体的には、職人の数を確保するために絹織物業者に対して諸税率を下げたり、技術の流出を防ぐために他国からの同職業者の侵入を禁止したりしたのだ。その後、絹織物業者の数が増えすぎたことで保護は解除された。

「なかなか大きな要求だ。俺の一存で決められるような話ではないな」

「ご安心ください。我々が求める〝保護〟とは、税率を下げろなどという類のことではありません。我々の命の安全を保証していただきたいということなのです」

意外な話の流れに、エルネストは戸惑って首を捻る。

「命の保証？　つまりあなた方は、命を脅かされているということか？」

「ええ。我々には敵がいます。その敵から、我々を守っていただきたい」

「――その敵を教えてもらわなければ、答えようがないな」

明確な返事を避けるエルネストに、ギルド長は「もちろんです」と頷いた。

「我々の敵は、〝五角の盾《ごすみ》〟という名の毒師たちのギルドです」

「毒師たちのギルド……!?　そんなもの、聞いたこともないが」

『毒師』という言葉も『五角の盾』という名前も初めて聞いた。だが『五角の盾』という名前を聞き、脳裏にとある紋章が浮かび、エルネストはハッとする。

（エノーラのシグネットリングの紋章、あれも五角形に七つの丸が描かれていた……）

その奇妙な形を思い浮かべながら、エルネストはゴクリと唾を呑んだ。

（……繋がりがあるのだろうか。まさかな……）

「〝五角の盾〟は主に水面下で活動する集団ですから、ご存知でないのも無理はありません。〝毒師〟というのは、我々薬草師が敵を混同しないためにつけた造語のようなもので、〝五角の盾〟の連中は自分たちのことを〝薬師〟と名乗ります。ですが、彼らは薬師ではない。薬ではなく毒を売って人に害をなす悪党どもの集団なのです」

「つまり、〝五角の盾〟は毒を売る者たちのギルドということか？」

エルネストが確認すると、ギルド長は苦々しく頷いた。

「薬と毒は表裏一体です。用量と用法を守れば病を治す薬となりますが、守らなければ人に苦痛を与え、最悪の場合死に至らしめる毒となる。本来であれば、薬草学を修めた者は人を救うためにその知識と技を使わねばならないのに、それを悪用し、人を害しているのが、〝五角の盾〟なのです。〝サンダーズ・ガーデン〟と〝五角の盾〟は長い間反目《はんもく》し続けてきました。連中は自分たちの悪行の罪を、我々になすり付けることもしてきました。〝魔女狩り〟をご存じでしょう?」

問われ、エルネストは頷いた。数百年前、『魔女狩り』と呼ばれる宗教的迫害が横行した時期があった。国教である聖クルス教の破壊を企てる背教者を『魔女』とし、拷問したり火炙《ひあぶ》りにしたりしたのだ。だがそれらのほとんどは冤罪《えんざい》で、中でも薬草やハーブを使った民間療法で人々を救っていた女性たちが犠牲になったと言われている。

「あれらの多くは、〝五角の盾〟による情報操作によるものです」

確信を持った目で告げるギルド長に、エルネストは両手を上げて「待て」の意を示した。

「悪いが、俄《にわ》かには信じがたい。罪を着せられたというが、証拠がないのではないか? そもそも〝五角の盾〟というギルドが存在するかどうかも分からないのに……」

「残念ながら過去の事件の証拠はありません。ですが、現在の〝五角の盾〟の罪の証拠はございます。彼らは今もなお、犯罪者に毒薬を売ることで生計を立てておりますから」

「なんだと――」

それが事実ならば国家の治安を揺るがす大事件である。軍職の長であったエルネストにとっては聞き捨てならない話だ。顔色を変えるエルネストに、ギルド長はすかさず続けた。

「ですが、その証拠をお渡ししてしまえば、我々が危険に晒されます。ですから、保護をお願いしているのでございます」

「それは……報復されるということか？　だがどうやって？　君たちが俺にその証拠を渡したことが、どうして相手に分かるんだ？」

いろいろな疑問が込み上げてきて眉根を寄せると、ギルド長は深いため息をついた。

「あなたが想像しているよりもずっと強大な力を持つ男が、〝五角の盾〟の長だからです。逆を言えば、私はあなたがその男と同等の力を持つ者だから、この取引を持ちかけています」

エルネストは絶句した。王弟で元将軍でもあるエルネストは、この国でも大きな権力を持つ人間の一人だろう。その自分と同等の権力を持つ者となれば、思い当たるのは数名だ。

「おい、待ってくれ。その男とはまさか……」

「その名前を教える前に、どうかお約束ください。その英雄に名にかけて、我々〝サンダーズ・ガーデン〟を保護すると」

抜け目のないジョン・サンダーズに、エルネストは苦笑を漏らす。最初に彼女を攻略し易いと思った自分の目は曇っていたようだ。

「我が名にかけて、約束しよう」

エルネストが頷くと、ギルド長はホッとしたように眼差しを緩め、瞑目して口を開く。

「――男の本名は、アントネッロ・ミロ・モニチェッリ」

想像通りの名前だ。それは或る男が出身地であるフィノール地方で使っていた名だ。かの地は北方の半島で、海を越えた北の大陸の国との交流が盛んで、移民も多い。そのため名前が異国風である者が数多く存在するのだ。

エルネストは低い唸り声で彼女のセリフの後を引き取った。

「アレクサンドル三世とも呼ばれ、聖クルス教の頂点に立つ者……で、合っているか？」

ギルド長がコクリと頷くのを確認して、エルネストは「クソ」と悪態をつく。

（あの狸ジジイめ……悪党だとは思っていたが、まさかこんなことまでしているとは）

思えばアレクサンドルが教皇になるまでに、賄賂の疑惑も噂されていたが、暗殺の噂も立っていた。教皇選挙《コンクラーベ》の前にアレクサンドルの敵となる人物が数名頓死《とんし》したことが原因だったが、外傷はなく毒殺の証拠も出なかったため、単なる噂だと思っていた。

だがアレクサンドルが毒薬使いの専門家であるならば、話は別だ。

「なるほど、教皇であれば、君たちのギルドに難癖をつけて弾圧することはわけないな」

『魔女狩り』の時のように、悪魔崇拝などの証拠を捏造すれば弾圧完了である。なにしろ教皇自らが『魔女』の烙印を捺すのだから、誰も疑いはしないだろう。疑う者があったとしても、声にする勇気のある者はいないに違いない。

ジョン・サンダーズが必死に交渉してきた理由が分かり、エルネストはため息をついた。

「我々にとって、〝五角の盾〟の打倒と解体は悲願なのです」

「さもあらん。――で、その証拠とやらは？」

するとジョンは立ち上がって戸棚の方へ行くと、抽斗《ひきだし》から封筒を取り出し、その中に入っていた書類をエルネストに手渡してきた。

「これはアレクサンドルのサインが入った契約書です。〝五角の盾〟の長としてのサインなので、別名ではありますが」

「別名か……」

筆跡鑑定もできるが、この国では犯罪の証拠としては弱い。なにより教皇という大物を捕えるためには、異論を挟む余地のない証拠が必要となるだろう。唸りながら書類を検めると、それは、〝カンタレッラ〟という名前の薬のレシピをアレクサンドルに渡す代わりに、巨額の金を渡す、という内容だった。

（『カンタレッラ』……？　確か、先の教皇選挙《コンクラーベ》の際に出回った噂話で、アレクサンドルが持っているとされた痕跡の残らない毒薬だったか？　空想上の代物だと思っていたが、まさか、本当に存在したのか？）

驚きつつ読み進めていくと、契約相手の名前が書かれてあった。

「アニタ・フラウ……」

先ほどこの苗字を聞いたな、と思っていると、ギルド長が言った。

「アニタ・フラウは〝森の魔女〟カミラの娘です」

「――なんだって？」

エルネストは驚いてギルド長を見た。であれば、アニタはエノーラの母ということだ。

（エノーラの母が、アレクサンドルと契約書を交わしていた……？　どういうことだ？）

「カミラとアニタは母娘共に薬草師で、我々のギルドに加入していました。母親も腕の良い薬草師でしたが、娘のアニタは天才でした。その突出した能力で王宮典医の試験にも合格したほどです。我々ギルドの希望の星と言われ、皆彼女に期待していました。……ですが、アニタは優秀であるだけでなく、類い稀な美貌の持ち主でもあったのです」

美貌、と言われ、エルネストは愛しい女性を想う。

（……そうか、エノーラの美貌は母親譲りだったのだな……）

月の光のような白金髪、清《す》んだ菫色の瞳――彼女の愛らしい笑顔を脳内に思い浮かべ、エルネストの胸が軋んだ。彼女は今どうしているだろうか。泣いてはいないだろうか。王妃がよく面倒を見てくれているだろうが、あの子は寂しがり屋だから心配だ。

（心配などと、都合よく言ったものだ。本当は自分が恋しいだけだろう）

胸のうちで自分を嘲笑いながら、エルネストは己の感傷に蓋をする。今は自己憐憫《れんびん》に浸っている場合ではない。自分を叱咤《しった》しつつ、ジョンの説明に再度意識を集中させた。

「王宮に上がるようになったアニタは、大司教として王宮に出入りしていたアレクサンドルに目を付けられたのです」

エルネストは呻き声を上げたい気分になった。アレクサンドルの女好きは有名だ。

「そして残念なことに、アニタは野心家でもありました。権力と富を持つアレクサンドルに惹かれ、二人は愛人関係となったのです」

今度こそ呻き声が出た。神を呪う不届きな雑言《ぞうごん》を吐き、手で顔を覆う。最悪だ。それが本当ならば、エノーラの父親はあの男という可能性が出てきてしまう。

「アレクサンドルはアニタの天才的な能力にすぐに気がついたのでしょう。彼女の能力を評価し、君はもっと認められるべきだと囁いた。当時アニタは王宮の典医になったものの、女性であることから他の典医の助手のような仕事ばかりをさせられ、不満を募らせていました。だから自分の能力を認め、仕事を依頼してくれるアレクサンドルにすっかり心を許し、傾倒《けいとう》していったのです。やがて彼女はアレクサンドルの求めるがままに、毒薬の開発をするようになりました」

「毒薬……痕跡の残らない奇跡の毒薬、〝カンタレッラ〟か？」

その問いに、ジョンは「そうです」と頷いた。

「アニタは〝カンタレッラ〟を開発する際に、母カミラの力を借りていました。カミラもまた研究熱心な薬草師だったので、毒薬開発は面白がってやったのでしょう。先ほども言いましたが、薬と毒は表裏一体。薬草師である我々が毒の開発をすることは珍しいことではありません。研究としてそれは必要なことだからです。ですが、娘が完成させた〝カンタレッラ〟のレシピをアレクサンドルに売るつもりであることを知り、怯えたカミラは我々に相談してきました」

「なるほど。この契約書がここにあるのは、そういった経緯か」

おそらくカミラがこっそりと持ち出し、ジョンに渡したのだろう。

「はい。カミラから渡されたこの契約書を見て、我々は〝五角の盾〟の長がアレクサンドルであったことを知りました。長い間反目しあっていた組織ではありましたが、その長の正体は掴めずにいたのです。けれどまさか、教皇だなんて……我々には太刀打ちできないと悟らざるを得ませんでした。我々は沈黙を選びました。カミラとアニタの母娘をギルドから放逐《ほうちく》し、何も知らないふりをするしかなかったのです」

ジョンの声は震えていた。怒りからか悔恨からか、あるいは両方からかもしれない。エルネストは彼女に深く同情して、「俺があなたの立場なら同じことをする」と言った。おそらくギルドには大勢の登録者がいる。その者たちの命を守るために、彼女は正義を叫ぶ心を封印したのだ。エルネストでも同じ選択をしただろう。

「だが、それは俺があなたと同じ立場なら、という話だ。幸いにして、俺には教皇に対抗しうる力がある。よく話してくれた、ジョン・サンダーズ。必ずあの悪党を裁き、牢にぶち込んでやろう」

エノーラの父親がアレクサンドルかどうかはもう少し情報が必要だが、的をフィノール地方に絞ることができた。情報は格段に得やすくなるはずだ。そちらの調査はランセルに任せ、エルネストは悪党教皇を捕まえなくてはならない。

エルネストが言うと、ジョンは肩を震わせて咽び泣いた。

次々に明らかになった事実を頭の中で整理しながら、エルネストはジョンに言った。

「泣いている暇はないぞ。アレクサンドルをしょっぴくためには、この契約書では証拠が足りない。決定的な証拠になるようなものはないのか？」

「決定的な証拠……」

鸚鵡返しをしたジョンは、しばらく考え込むようにした後、キラリと目を光らせた。

「――では、こういった方法はいかがでしょう？」

＊＊＊

幼子の可愛らしい笑い声が、室内の高い天井に響く。

「あーっ、エノーラ、みっけぇ！」

ピアノの下に身を潜めていたエノーラは、得意げな顔で叫ぶルイーズ王女に残念そうな表情を作って「ああ、見つかってしまいました～」と呟いてみせた。

「エノーラ、かくれんぼへたっぴ〜。ルールルー、すぐみつけちゃうよ」

「ルイーズ殿下は本当に見つけるのがお上手ですねぇ」

エノーラが褒めると、王女は満面の笑みで得意げに胸を反らす。

「ルールルーは、かくれるのもじょうずよ。こんどはルールルーがかくれるばんね！」

もう一回、と王女が駆け出そうとした瞬間、美しい声がそれを止める。

「かくれんぼはもうおしまいよ、ルイーズ。そろそろ音読のお稽古《けいこ》の時間じゃなくて？」

小さな王女を抱き上げて言ったのは、彼女の母である王妃キャサリンだ。柔らかな明るいブラウンの髪を上品に結い上げ、ブルーのドレスを身に纏っている。

「おかあさま！　そうだった、きょう、おんどくだった！」

「そうよ。先生が待っていらっしゃるわ」

「エノーラ、ごめんね、かくれんぼ、またこんどねっ」

王女は母の抱っこから飛び下りると、エノーラを振り返ってそう言い、お付きの女官に手を引かれて部屋を出て行った。

その愛らしい後ろ姿を笑顔で見送っていると、王妃がやれやれと肩を上げる。

「あの子ったら、遊んでもらっているのは自分の方なのに、偉そうに……。ごめんなさいね、エノーラ」

謝られて、エノーラは「とんでもない」と首を横に振った。

「私は本当に、殿下に遊んでいただいているのです。かくれんぼや鬼ごっこなどという知らない遊びをたくさん教えていただいて、とても楽しいのです」

「かくれんぼを知らないの？」

王妃が驚いたように目を丸くしたので、エノーラはハッとしてしまう。どうやらかくれんぼは、外の世界では知らない者のいない有名な遊びだったようだ。

王妃には、自分が森で監禁されるようにして育ったことは言っていない。

王宮に連れて来られた日、エルネストが去った後にジョージ王と二人きりで話す機会があったのだが、その時に彼に言われたのだ。

『君のことは、訳あって辺境の田舎で平民として育てられた令嬢だということにしよう。キャサリンは優しい女性だが、敬虔な聖クルス教徒でもある。君が異教徒である〝魔女〟の孫だと言えば、きっと怯えてしまうだろうからね』

エノーラには宗教観がないためによく分からないが、〝森の魔女〟と呼ばれていた祖母は、国教である聖クルス教の教えに反する存在だったらしい。嘘をついたことがないので、ちゃんとできるか心配ではあったが、王様の言うことは絶対なはずだ。それに優しい王妃様を怖がらせるのも本意ではないので了承した。

「あの、私の育ったところは、私以外に子どもがいない辺境の場所だったので、子どもの遊びというものを、あまり知らないのです」

嘘ではない、と心の中で謝りながら言うと、王妃は「まあ、そうだったの」と少し気の毒そうに眉を下げた。

「では、あなたは今、ルイーズと一緒に子ども時代を堪能できているのね」

「あっ、ふふ、そうですね。だから、殿下に遊んでいただいているのは本当なのです。どうぞ謝らないでくださいませ」

「そう言ってくれるとありがたいわ。あの子、あなたのことが大好きみたいだから……」

「本当ですか？　それはとても嬉しいです！」

「ふふ、子どもの相手の後は、わたくしの相手をしてくださるかしら？　美味しいお菓子が届いたので、あなたと食べようと思ったのよ。お茶にしましょう」

王妃の言葉を合図に、女官たちがサッと動いてテーブルにお茶の準備を始めた。その統率の取れた動きをぼんやりと眺めながら、エノーラはふとエルネストのことを想った。

（……今頃、どうしていらっしゃるのでしょうか……）

エルネストと離れて二週間が経過していた。

彼の言った通り、エノーラの後見人には王妃がなってくれたらしく、現在は王妃の住まう南の宮と呼ばれる場所で暮らしていた。王妃をはじめ、南の宮の人々は皆親切で、何不自由ない生活をさせてもらっている。

（……こんなによくしていただいているのに、それでもエルネストさんのお屋敷を恋しいと思う私は、不届き者ですね……）

　ここでの生活は、華やかで楽しい。王妃の周りでは毎日いろんな催しがあって物珍しいし、ルイーズ王女は仔犬のように忙しなく、その愛らしさと危なっかしさで目が離せない。

　毎日があっという間に過ぎていって、エルネストの屋敷にいた頃のことを思い出す暇などないはずなのに。

（クララさんに会いたいです……。ランセルさんとお話がしたい……、料理長と一緒にハーブにお水をあげたいし、庭師のお爺さんと薔薇《ばら》を見たい……）

　そして誰よりも、エルネストに会いたい。彼の顔が見たい。彼の声を聞きたい。エノーラ、と名前を呼んでもらって、頭を撫でてもらいたい。

（エルネストさん……私は、あなたの傍に、戻りたいです……）

　未練がましいと、我ながら思う。自分は彼に分不相応な恋心を抱いたから捨てられたのに、まだそんなことを思うなんて。だが忘れようと思えば思うほど、エルネストへの恋慕は募るばかりで一向に消える気配がないのだ。

「……誰を想っているのかしら？」

　不意に問いかけられて、エノーラはドキリとして慌てて顔を上げる。

　すると王妃が困ったような笑顔を浮かべてこちらを見ていた。

「あ、あの……？」

「ふふ、まあ言わなくても大体想像がつくけれど。そんな顔をするくらいなら、どうして彼に置いていかないでって言わなかったの？」

王妃の言う『彼』が誰を指すのか分かり、エノーラは苦く笑う。

「……言いました。でも、エルネスト様は〝これが私のため〟だと……」

すると王妃は呆れたように目をくるりと回した。

「まあ、傲慢な！　あなたのためかどうかは、あなたが決めることであって、エルネスト殿下が決めることではないでしょうに！」

思いがけないことを言われ、エノーラはびっくりして王妃を見つめる。

「私が決めること……？」

「そうよ！　何が自分のためになるかなんて、あなたにしか分からないことよ。あなたの人生にとって何が価値になるのかってことだもの。他人が決めていいはずないわ」

当たり前でしょう、と王妃は美しい額に皺を寄せて顰め面をした。

(当たり前……そうだったのですか……)

エノーラは驚きながらも考え込んだ。思えばエノーラは、森で拾われてからずっと、エルネストの言うことを絶対だと思っていた気がする。森の外の世界のことを何も知らなかった自分に、常識や知識を与えてくれた人だったし、なによりも孤独な人生から引き上げてくれた人だったからだ。エノーラにとって、なによりも信頼できる人なのだ。

だから彼の言うことは正しく、絶対だと思い込んでいた。

(でも、違ったのですね)

離れるのはエノーラのためだと、エルネストは言った。彼が言うからそうなのだと思ったけれど、本当はそんなことはないと言いたかった。

(私のためだと言うなら、どうか捨てないで。あなたの傍にいさせて)

最後までそう言い張りたかった。エルネストの言うことなんて聞き入れたくなかった。

「……私は本当は、エルネスト様の傍にいたかったのです」

エノーラがポツリと言うと、王妃はクスッと笑った。

「そうよね。見ていれば分かったわ」

「ですが、私は彼の傍にいたいけれど、彼は私を傍に置きたくないのです。どうしたらいいのでしょうか……」

いくら自分が傍にいたいと望んでも、相手がそれを望まない場合は、結局自分の望みを果たせないのではないだろうか。困って王妃に訊ねると、彼女は「そうねぇ」と口元に手を当てて考えた後、ニコリと微笑んだ。

「必ずしも自分の思う通りにはならないのもまた世の必定。そういう場合も、その先を決めるのは自分なのよ、エノーラ。自分にとって大切なもの、何に価値を置くのかを決めるのは自分よ。大切なのはその決定権を他人に委ねないことと、自分のした選択に責任を持つこと。だってそれはあなたの人生であって、他の誰のものでもないんだから！」

「決定権を他人に委ねないこと、自分のした選択に責任を持つこと……」

王妃の言葉を繰り返し、エノーラは顔を上げた。

「ありがとうございます、王妃様。私、ちゃんと考えてみます」

しっかりと頷いたエノーラに、王妃は「良い顔になったわね」と呟いたのだった。

＊＊＊

「これはこれは、珍しいお方が私を訪ねて来てくださったものだ」

教皇の住まいである司教聖座堂、スサルノ宮殿へ乗り込んだエルネストは、優雅にワイングラスを掲げたアレクサンドルに迎えられた。

「どうも、猊下。約束もないのに感謝しますよ。……お食事中に申し訳ない」

エルネストは形だけ謝った。ちょうど昼食の最中だったようで、ダイニングテーブルには湯気の立った料理が置かれている。小麦を捏ねた生地に野菜と挽肉をまぜた種を入れ、茹《ゆ》でてクリームソースを和える料理には、見覚えがあった。

「ピエロギ……フィノール地方の郷土料理ですね」

「おお、さすが閣下。何事にもお詳しい」

「戦場で、フィノール出身の兵士が作ってくれたことがあったのでね。……そういえば、猊下もフィノールのご出身でしたね」

エルネストが言うと、アレクサンドルは「ええ」と首肯した。

「この歳になると、子どもの頃に食べた物が恋しくなるようでしてね。閣下もいかがですか？」

昼食を勧めようとするアレクサンドルに、エルネストは片手を上げて固辞する。

「いえ、結構。さっさと用件を済ませたいのでね」

司教聖座堂というアレクサンドルの根城に乗り込んだのだから、とりあえず口調を丁寧にしていたが、それも面倒になってきた。歯に衣着せぬ物言いに、周囲の聖職者たちは眦を吊り上げたが、アレクサンドルはおかしそうに笑っている。

「ほう。では用件を伺いましょうか」

「あの夜会で、あんたが興味を示していた娘のことだ」

エルネストが切り出すと、アレクサンドルは一つ頷き、手を挙げて周囲の者を下がらせた。二人きりになったダイニングルームで、アレクサンドルはしたり顔で言った。

「そろそろ頃合いだと思っていた。あれは自ら私のところへ来たがるだろうからな」

自信満々に言われ、エルネストは内心首を捻る。エノーラがアレクサンドルのところに行きたがる素振りを見せたことはない。彼女は父親が誰なのかまだ知らないし、父親に対する興味もほとんどない様子だったからだ。

「……どういう意味か分からんが、あの子を誘拐しようとしたのはお前だな？」

「自分のものを取り返して何が悪い。これみよがしにアニタを見せつけて来たのはそなたの方だろう？　私を脅すネタを手に入れたと言いたかったのだろうが、残念だ。アニタは私を決して裏切らないのだよ」

　会話が嚙み合わず、エルネストは一瞬口を噤んだ。

（……？　アレクサンドルはエノーラを母のアニタだと思っているのか……？）

　エノーラが母親と瓜二つの顔をしているのだとしても、年齢が合わないからすぐに娘だと気づきそうなものだが。

「――あの娘はアニタではない。エノーラだ」

「はっ。髪色を変えて別の名前をつけたからどうだと言うのだ。とにかく、どこでアニタを見つけたのかは知らんが、見つけ出してくれたことには礼を言う。だが……」

「アニタではないと言っている。あの子はアニタの娘、エノーラだ」

　埒《らち》が明かない、と相手の言葉を遮って言うと、アレクサンドルは瞠目《どうもく》して絶句した。

「――なんだと？　娘？　アニタは子どもを産んだのか？」

（……アレクサンドルは、娘がいたことを知らなかったのか？）

　驚愕する様子は真に迫っていて、嘘をついているとは思えない。それでも何を企んでいるか分からないので、エルネストは慎重に言葉を続ける。

「そうだ。アニタは娘を産んで死んでいる。娘は祖母に育てられ、その祖母も死に、天涯孤独となったため俺が引き取った」

エルネストの説明に、アレクサンドルは悲鳴のような声で叫んだ。

「なんてことだ……！　アニタが死んだだと!?　では印は……印はどこへ行ったんだ！」

狼狽のあまりか、『印』と言う単語が飛び出し、エルネストは内心ニヤリとする。何を隠そう、その『印』の存在をこの男に認めさせるのが目的でここに来たのだ。おそらく骨が折れるだろうと予想していたが、存外早くに片付きそうだ。

エルネストは懐から金のシグネットリングを取り出すと、それを指に嵌《は》めてアレクサンドルに見せた。

「その〝印〟とやらは、これのことか？」

嵌めているのは、自分の物ではなく、エノーラのシグネットリングだ。

これは、父親のことを調べる許可を得た時に彼女から預かっていたものだ。

アレクサンドルはギョッと目を見張ったものの、遠すぎてそれが自分の物であるかは判別できなかったらしい。

「それはあの娘が持っていたのか!?」

「あの娘、ではない。エノーラだ」

エノーラの名前を呼ぼうとしないアレクサンドルに、エルネストは鼻に皺を寄せた。

「アニタはお前の愛人だったのだろう。その娘がお前の子であるとは思わないのか？」

するとアレクサンドルはせせら笑った。

「それはどうかな。あれは権力に弱い女だった。権力者であれば、私以外に股を開いていてもおかしくはあるまいよ」

「だがエノーラの髪は白金色だ。お前の故郷であるフィノール出身の者の特徴だろう」

エルネストが突きつけても、アレクサンドルはもう一度嘲笑をしただけだった。

「フィノール出身の男がこの王都にどれほどいると思う？　証拠になりはしない」

「……よく分かった」

エルネストは歯軋りをしたい気持ちで半眼を伏せる。血の繋がった父親が真っ当な人間であれば、彼女を父親のもとに返そうと思っていたが、もう考慮の余地もない。

この男には、エノーラの父である資格はない。

「そんなことよりも、その指輪だ！　それはアニタが持っていた指輪なのか!?」

「……そうだ。エノーラが母親の形見として持っていたシグネットリングだよ。母親がエノーラの父親からもらった物だそうだ」

すると、アレクサンドルは憤懣《ふんまん》やる方ないと言ったようにテーブルを叩いで叫んだ。

「もらっただと!?　アニタのやつめ！　それはアニタが私から盗んだ物だ！　それがなく

て、どれほど困っていたか……！」

「そうか。それは気の毒だったなぁ」

「見せてくれ！　紋章を見なければ、私の物がどうか分からない！」

切羽詰まった様子のアレクサンドルは、大きな音を立てて椅子から立ち上がると、こちらへ駆け寄ってくる。

エルネストは伸びてくる手をヒョイ、ヒョイ、と避けながら、揶揄うように言った。

「俺が代わりに見てやろう。どれどれ……五角形に丸が七つ、ふむ、変わった印章だな」

印章の説明に、アレクサンドルがますます血相を変える。

「それ！　それだ！　五角形に七つの丸、それはまさに私のシグネットリングだ！」

その言葉を聞いた瞬間、エルネストはピタリと動きを止める。アレクサンドルは好機とばかりにエルネストの手を掴み指輪を外そうとしてくるが、エルネストは拳を固め、それを阻止して言った。

「その言葉に二言はないな？」

「ない！　これは私の指輪だ！　私の物だ！」

「よろしい。では返そう」

拳を開いてやると、アレクサンドルは急いで指輪を外して自分の指に嵌めた。明らかに安堵した顔をしている老人を眺めながら、エルネストはピュイッと指笛を吹いた。

それを合図に、ダイニングルームに武装した男たちが雪崩れ込んできて、アレクサンドルを押さえつけて取り囲む。

「なっ⁉　こ、これはどういうことだ⁉　教皇である私にこのような狼藉《ろうぜき》、許されませんぞ、エルネスト殿下！」

唾を飛ばしながら抗議するアレクサンドルを見下ろし、エルネストは冷えた声で言った。

「黙れ。今この瞬間より、お前は弾劾裁判にかけられる容疑者だ」

「わ、私が何をしたというのだ⁉」

「そのシグネットリングを自分の物だと言ったな？　それは犯罪者に毒薬を売る裏ギルド〝五角の盾〟の長が持つ物だ」

『五角の盾』の名に、アレクサンドルの顔色が明らかに悪くなった。ジョン・サンダーズが言っていたように、『五角の盾』は水面下で暗躍するギルドであるため、知る者はほとんどいない。だからエルネストがその名を知っていることに驚いたのだろう。

「ご、五角の盾だと……？　そんなもの、聞いたこともない……」

それでもなお誤魔化そうとするアレクサンドルに、エルネストは鼻を鳴らす。

「おや、おかしいな。その指輪は自分の物だとあれほど大声で言っていたではないか」

「こっ、この指輪がその〝五角の盾〟の物だとどうして分かる⁉　大体、そんなギルドが存在するかどうかも怪しいではないか！　全部デタラメだ！」

「俺が証拠もなくここに乗り込んでくるとでも思ったのか？　あるぞ、証拠ならいくらでも。〝五角の盾〟と顧客が交わした契約書や、手紙、そしてお前自身がギルド長として書いた文章までしっかりな」

エルネストが証拠として確保している物を列挙すると、アレクサンドルはいよいよ喚き散らした。

「そんな物、全部捏造だ！　手に入れられるわけがない！」

「捏造なものか。教皇様は、間諜《スパイ》をご存知か？　〝サンダーズ・ガーデン〟の者が、お前たちの中に紛れ込んでいた、と言えば理解できるかな？」

うっすらと笑みを浮かべて突き付けると、アレクサンドルは驚愕の表情で息を呑み、ガクリと項垂《うなだ》れた。その丸くなった背中を見下ろしながら、エルネストは兵士がアレクサンドルの手からもぎ取った指輪を受け取った。

「しかし、存外お前も小物だったな、猊下。この指輪に飛びつきさえしなければ、しらを切り通せたかもしれないものを。……まあ、ギルド内において長の持つ印章は、王の冠にも等しいそうだな。それを持たぬ者はギルド内で長として認められないとか。教皇の三重冠よりも、ギルドの指輪の方が大事だったようだ」

肩を竦めて言えば、拘束されたアレクサンドルが唸り声を上げる。

「……貴様に何が分かる！　〝五角の盾〟は、我々フィノールの誇りだ！　この王国が建国される以前よりあった、フィノールの知恵と勇気の結晶なのだ！」

「知恵と勇気の結晶が毒薬とはね。……もういい、連れて行け」

エルネストの指示に、「ハッ！」という兵士たちの声が響き、アレクサンドルは引きずられるようにして連行された。

その後ろ姿を見つめながら、エルネストはため息をつく。

（……エノーラ）

思い浮かべるのは、やはり彼女のことだ。エノーラがアレクサンドルの娘であることは、彼女の髪と瞳の色からほぼ確定だ。アレクサンドルの実家に勤めていたという元メイドに話を聞いたところ、アレクサンドルの家系では、白金髪と紫の瞳の女性が生まれることが多いそうだ。アレクサンドルの姉や妹、叔母なども、皆この色彩だったと言っていた。フィノール地方は白金髪は確かに多いが、紫色の目の組み合わせはめったにいないらしい。

（……あんな男が父親だと、彼女に告げる必要はない）

元々、碌でもない男ならば切り捨てるつもりだった。そして自分が彼女を幸せにするのだと己に誓っていた。

（俺が幸せにする、か……）

誓ったくせに、彼女の手を離して逃げてしまった。あのままでは彼女を幸せにするどころか、自分の手で穢してしまいそうだったからだ。エルネストは、エノーラに自分の知る限りの『幸福』を与えたかった。生まれた時に母親を亡くし、偏屈な祖母からも虐げられ、家族の愛情を知らずに孤独に生きてきた彼女が本来得るべきだった全てのものを、与え直してやりたかった。

（母親と祖母は死んでしまったから仕方ないが、せめて血の繋がった父親に愛され、甘やかされるべきだった。エノーラには、家族からの愛情を知る権利があったのだ……）

だがその父親という選択肢がなくなってしまった以上、彼女に愛情を教える者が必要だ。

（それが、俺であってはいけないだろうか）

父親が見つかるまでは『保護者』であらねばと思っていた。だがその『保護者』でいることが辛くなったから、彼女を兄に任せた。

（『保護者』にはなれないが、君を幸せにするのは、俺であってほしい）

別れ際、エノーラは「傍にいたい」と泣いていた。

彼女がまだそう思ってくれているなら。まだこの手を取ってくれるなら。

「エノーラを迎えに行こう」

エルネストはそう独り言《ご》つと、踵を返してその場を後にした。

第七章　森の娘

エルネストが向かった先は、王宮の南の宮だった。アレクサンドルの件を兄に報告する必要もあったが、まず彼女の顔を見たいと思ったのだ。

だが現れたエルネストを見て、王妃は笑顔で言った。

「まあ、お久しぶりね！　エノーラはお元気？」

エノーラはここにいるはずなのに、なぜ質問をするのか。

(――エノーラがここにいないからだ)

ザッと血の気が引く思いでエルネストは口を開く。

「どういうことですか？　エノーラはここにいるのでは!?」

「エノーラなら、数日前にあなたに会いに行くと言ってここを出たはずよ。あなたのところに滞在するのかと思っていたけれど……もしかして、行っていないの？」

「来ていません！　くそ、どういうことだ！」

エルネストの答えに、王妃もギョッとした顔になって手で口を覆った。

「だって、どこへ行くというの？　あの子があなたのところ以外に行くわけがないのに……」

「途中で攫われた可能性もあります！　あの子は以前にも攫われかけている！」

そう叫ぶように言ったエルネストは、しかしふと首を傾げた。

(以前エノーラを攫おうとしたのはアレクサンドルだった。奴が捕えられた今、エノーラを狙うのは誰だ……？)

その疑問と共に脳裏を掠めたのは、アレクサンドルがエノーラを母のアニタだと思っていたということだった。アニタが子を産んでいたことを知らなかったのだ。

(つまりアレクサンドルはアニタの行方を摑んでいなかった)

エルネストはずっと、カミラがなぜ孫娘をあれほど頑なに森に監禁しようとしたのかが分からなかった。孫娘に愛情を抱けなかったのは、娘のアニタが犯した罪のせいだろうと見当がついた。ギルドから除籍されれば、その職でまともに食べていけなくなる。薬草師としての人生を潰されたのだから、娘を恨む気持ちは分からなくはない。

(とはいえ、それがエノーラを虐待していい理由にはならないが)

腹立たしく思いながら、エルネストは思考を切り替える。

(問題は、カミラがエノーラを森から出さないようにしていたという点だ)

虐待するならば、他に色々やりようがある。憎いというなら、手元で面倒を見たりせず、娼館に売ってもよかったはずだ。そうすれば、憎い娘とよく似た孫を見なくて済むし、金が手に入るのだ。普通の人間ならまずその案に飛びつくだろう。

だがカミラはそうはしなかった。世捨て人のように暮らし、エノーラに『髪を染めること』、『森を出ないこと』という二つの約束をさせて死んでいった。なぜだ。

(――それがカミラの意志ではなかったとしたら?)

不意に浮かんできた思考に、エルネストは目が覚める思いがした。

(カミラもまたあの森に監禁されていた被害者だった――そう考える方が無理がない)

エノーラの話では、二人は日々の食べ物にも事欠くような生活をしていたそうだ。森を出て町で生きれば、薬草師以外の仕事に就けただろうし、ずっと楽に生きられたはずだ。それなのにそうしなかったのは、誰かに強要されていたからだ。

ではあの森に彼女らを監禁した者とは一体誰だ。彼らを森に隠す意味とは何だ。

(エノーラの髪を染めさせていたということは、エノーラの出生を隠すためだろう。ならば、エノーラの出生を知る者ということか……。だがなぜあの森だったんだ……?)

あの森は国王の直轄地だ。兄王の管理が杜撰《ずさん》で、管理者も置かず放置したままだったから入り込めたようなもので、普通ならば不法侵入者として追い出されていただろう。

そこまで考えて、エルネストの脳内に兄王の声が響いた。

『北の森に住むと言う〝森の魔女〟を探してみてはどうだ?』

その一言がきっかけで、エルネストはあの森を訪れた。

「――嘘だろう」

呻くように呟くと、エルネストは駆け出した。背後から王妃の「ちょっと、どこへ行くの!?」という戸惑った声が聞こえたが、構っている余裕はなかった。

＊＊＊

この時間なら兄は執務室にいる頃合いだ。エルネストが王宮の階段を駆け上がろうとした時、背後から聞き覚えのある声が聞こえた。

「エルネスト殿下」

取り澄ましたようなこの声は、兄の近侍だ。振り返れば、やはり想定通りの人物が立っている。兄の乳兄弟でもあるこの男は、少年の頃から兄に付き従う王の腹心でもある。

「俺はもう殿下じゃない」

臣籍《しんせき》降下して公爵位を賜ったのだから、殿下と呼ばれる謂《いわ》れはない。

何度言っても兄やその周辺の連中はエルネストを「殿下」と呼ぶことをやめなかった。

苛立ちを抑えつつ指摘すると、近侍は困ったように微笑んだ。

「……失礼いたしました。公爵様、陛下よりご伝言が」

陛下より、という言葉にピクリと眉が上がる。兄が自分が来ることを予想していたのだと分かり、胸の中に重く苦いものが広がっていった。それはすなわち、エルネストの予想が正しいことを物語っているからだ。今回ばかりは予想が外れていてほしかった。

「……クソ」

低い悪態が口をついて出たが、近侍はそれを黙殺した。まるでエルネストの心中を察しているかのようで、それにもまた苛立ちが込み上げる。

「伝言とはなんだ」

唸るようにして訊ねると、近侍は目を伏せて静かな口調で答えた。

「――薬司塔の薬草園で待っている、と仰《おお》せでございます」

「クソッ！」

そこはまさにエルネストが兄王を連れて行こうと思っていた場所だった。この王宮には使用人たちが使う隠し通路が張り巡らされていて、どこにいても人の耳がある。だが薬草園だけは、完全に人払いができる場所なのだ。

兄がそこにいるということは、人に聞かせられない話をするということだ。

「兄上……、なぜだ！」

これまで信じていたものがガラガラと崩れていくのを感じ、エルネストは腹立ちとやるせなさに打ちひしがれた。過去の美しい思い出がいくつも脳内を過《よぎ》っては消えていく。どうして、なぜ、という子どものような問いばかりが喉元に迫り上がってくるが、それがせんない問いだということも分かっている。今なさねばならないのは、断罪だ。

だがエルネストの心が……これまでの情が、それを拒んでいた。手すりに拳を叩きつけた体勢のまま動かないエルネストを、ただ見守っていた近侍がポツリと言った。

「あのお方は、もうずっと悩み続けてこられました」

「だからといって、やっていいことと悪いことがあるだろう！」

あまりの言い訳にカッとなって叫ぶように反論すれば、近侍は悲しそうに微笑んだ。

「もうとっくに、善悪の判断などできなくなっておられるのですよ」

「なんだと？」

「殿下――いいえ、元将軍。汝、人を傷つけるなかれ、と我々は子どもの頃に教わります。人を傷つけること、殺すことは悪いことだ。それなのに、あなたは戦場で敵兵を殺すことを躊躇わなかった。違いますか？」

近侍の問いに、エルネストは息を呑んで口を噤む。彼の言う通りだ。エルネストは、戦争において敵兵を殺すことを、躊躇したことはなかった。人を殺すことは悪いことだと分かっているが、戦争という大義名分は、善悪よりも優先される。

（――いや、優先されるわけではない。俺が都合良くそう考えることにしただけだ）

どんな屁理屈を捏ねようと、エルネストが人を殺したことに変わりはない。その罪を背負って生きていかねばならないことは、承知していた。孤児院を作り戦災孤児を集めて養っているのは、己の罪悪感を和《やわ》らげたいが為の行為だ。

押し黙るエルネストに、近侍は何の色も浮かばない眼差しを当てた。

「あの方は、あなたと同じだ。仕方のないことだからやってきた。それが正しいと信じて。……けれどあの方は正しすぎた。そして、優しすぎたのです。重荷に耐えきれぬほどに」

近侍はそこまで言うと、クッと涙を堪えるように喉を鳴らす。

「一体どういう意味だ？　兄上は何を企んでいる？」

エルネストの問いに、しかし近侍は答えず、代わりに震える声で嘆願した。

「……エルネスト殿下。どうか、あの方を救って差し上げてください。あなた様しかいないのです。どうか……」

最後の言葉は、涙が絡んで聞き取れないほどだった。その憐れさに歯噛みをしながら、エルネストは体を起こして踵を返す。

「言われずとも、そうするつもりだ」

エノーラをあの森に監禁させていたのは、おそらく兄だ。その理由がなんであれ、兄が間違いを犯そうというなら、全力で止めてみせる。おそらくそれが、エノーラを取り戻すことにも繋がるはずだ。

薬事塔――それは王宮に仕える典医たちの職場であり、王城の敷地の北東の片隅にある塔のことである。

ここで典医たちは病気や薬の研究をしたり、薬草を育てたりしている。

薬草の中には温暖な環境でなければ育たない種類もあることから、小ぶりではあるが温室も建てられていて、これを「薬草園」と呼んでいるのだ。

薬草園の扉を開いて中に入ると、ふわりと暖かい空気が頬を撫でた。

温室の中には暖炉があり火が焚《た》かれているためだ。冬だというのに春のような暖かさで、一瞬面食らってしまう。

周囲を見回すと、鬱蒼《うっそう》と茂った木々の向こうに小さな畑があって、その真ん中に人の姿があった。その背中を見て、エルネストは叫んだ。

「兄上！」

顔を見なくとも分かる。あの背中に守られてきた。あの背中を追いかけてきた。

兄がいたから、自分はこの王宮で生きてこられたのだ。

（――それなのに……！）

煮えるような怒りと悲しみを、エルネストは拳を握ることで押し殺した。

兄を責め立てるためにここに来たのではない。

エノーラを救い出すため……この手に取り戻すためだ。

兄王は、エルネストの声にゆっくりとこちらを振り返った。

穏やかな笑みを浮かべるその表情からは、焦りも怒りも窺えない。

まるでいつも通りの兄の様子に、エルネストは一瞬、全てが自分の思い過ごしなのではないかと思いたくなった。

「やあ、エル。やっと来たね。待っていたよ」

待っていた——それは、エルネストが真実に気づいたと分かっているからこそ出る言葉だ。

叫び出したくなるのを奥歯を嚙み締めることで耐え、エルネストは兄に歩み寄りながら絞り出すような声で訊いた。

「エノーラをどこに隠したのですか、兄上」

エルネストの問いに、兄は穏やかな微笑みのままで首を傾げる。

「怖い顔だね、エルネスト。お前が私にそんな顔をしてみせるなんて、初めてじゃないか？」

「……兄上」

話を逸らそうとする兄に苛立ち、奥歯を嚙み締めた。ギリ、と歯軋りの音が立ったのに、兄は意に介する様子もなく、なおも話を続ける。

「お前はいつだって私を憧れと尊敬の眼差しで見ていた。可愛かったよ。まるで親鳥について歩くヒヨコのようだった」

幼い頃のことを思い出したのか、兄はクスクスと笑った。

エルネストもまた、兄と共に過ごした日々を思い出し、感傷がグッと胸に迫る。このまま感傷に流されて、兄を許したい気持ちがないといったら嘘になる。母を亡くした後、エルネストを守り、導いてくれた人だった。かけがえのない、唯一の肉親なのだから。

だがエルネストは自分にそれを禁じた。

(俺は、自分が守るべき唯一を決めた。エノーラこそが、その唯一だ)

だから、その唯一無二の存在を害する者は、愛した兄であろうとも、排除しなくてはならないのだ。

「エノーラは無事なのでしょうね？」

兄の昔語りを無視して質問をぶつけたが、兄はそれに微笑みを返しただけだった。

「お前は私によく懐いてくれたね」

「兄上」

なおも語り続ける兄にうんざりしかけた時、不思議な質問をされて思わず顔を上げる。

「でもエルネスト。お前は疑問に思ったことはないのか？　なぜ私がお前に優しくしたのかを」

「……」

考えたことがなかったわけではない。兄が自分に優しくするのには、理由があるのではないかと。

だが昔、兄が言った言葉を信じたかった。

『疎ましいなんて思うもんか！　言っただろう？　僕はずっと弟が欲しかったんだって！　僕らは兄弟だ。この先、僕は絶対に君を守るよ。だって兄は弟を守るものだからね！』

初めて会った時、兄がそう言ってくれたから、エルネストはこの王宮で生きてこられたのだ。

兄は相変わらず優しげな微笑みを浮かべている。なぜこんな凪《な》いだ顔ができるのだろう。自分の悪事を弟に知られた人間のする表情とは思えない。

何も答えないエルネストに、兄は「ふふふ」と微かに笑い声を立てる。

「私がお前に優しくしたのはね、私が母に疎まれていたからだよ。私を忌み嫌う母に、良い子であれば笑いかけてもらえるかもしれないと……あの頃はそんなことばかり考えて生きていた」

「――？　兄上が、継母上《はは》に……？」

初めて聞く事実に、エルネストは驚いて眉根を寄せた。

父王の妃であったカタリナ王妃は、継子であるエルネストを虐めることはしなかったが、積極的に関わろうともしなかった。おそらく自分と関わりたくないのだろうと思ったエルネストもまた、彼女と距離を置いていたから、正直なところどんな人物であったのかは分からない。

だが彼女は実子である兄とは普通に接していたし、仲が悪いという話は聞いたことがなかった。

「そんな話……知りませんでした」

エルネストが言うと、兄はフッと吐き出すように笑って肩を竦める。

「そうだろうね。母上も表面上は私を可愛がっているように見せかけていたし、私も母に懐いているように見せていた。だが、私は過去に何度も母に殺されかけていたんだよ」

「殺されかけていた!?」

とんでもない暴露に、エルネストは喫驚して大声を上げてしまった。

すると兄はカラカラと笑って襟元を開く。

「ほら。これが証拠」

兄が差し出すようにして見せてきたのは、左の鎖骨の下にある傷跡だった。古いものなのかすでに白くなっているが、ギザギザとした刺し傷を縫合《ほうごう》した瘢痕《はんこん》だった。

「――鎖骨下を何かで一突き……。鋭利な刃物ではないですね。傷が直線ではない」

鎖骨の下には大きな動脈が通っているので、そこを刺せば一撃で敵を殺せる。軍人であれば皆知っているような知識だが、要するにこれは命を狙われた証ということだ。

「さすが、将軍。人の殺し方に詳しい」

兄が揶揄うように言ってきたが、笑い事ではない。エルネストはキッと兄を睨《ね》め付ける。

「——これを、継母上が？」

兄はまるで愛おしい物でも撫でるように自分の傷を触りながら、ゆっくりと首肯した。

「ああ。五歳の時だ。眠る私の傍らに立ち、銀のペーパーナイフを振り下ろしたそうだ。私のベッドの脇で居眠りをしていた乳母が気づき、すぐさま処置をしたので助かった。ペーパーナイフだったのも一命を取り留めた一因だったな。この事件は母が実家の公爵家に里帰りしている時に起こったもので、公爵によって全てを隠蔽された。それはそうだろうな。実子とはいえ、私は王子だ。王族を弑虐《しいぎゃく》した者は一族郎党皆殺しにされるのが通例だから、祖父も必死だったろう」

まるで喜劇でも語るような調子で説明する兄を見つめながら、エルネストは呆然と呟く。

「そんな……継母上は、なぜ、そんなことを……！」

エルネストはよく知らないが、継母はあまり感情豊かな人物のようには思えなかった。何らかの事情があっても激昂するようには見えなかったし、何より自分の子を殺すような人には思えなかったのだ。

すると兄はそっと瞼を伏せた。

「罪悪感だよ」

「――罪悪感？」

それは何に対してのものなのか。言外の問いに、兄は微笑んで答えた。

「不義密通《ふぎみっつう》の、ね。私は父王の子ではない」

ガン、と鈍器で後頭部を殴られたような衝撃が、エルネストを襲う。

「――な、にを、ばかな……」

「ばかなことではない。本当だよ。私は母の不義の子だ。……もっとも、そのことを知ったのは私が成年する歳だったが」

「成年する歳……」

思わず鸚鵡返しをしたのは、それがいわくのある年だったからだ。この国は十八歳で成年とされ、王族もまた同じである。国王の世継ぎは成年でなければならないと国法で定められていることから、兄の十八歳の誕生日に成年式と立太子式が同時に行われる予定だった。

だがその式の直前に彼の母が急逝してしまったことから、兄は喪に服し、式は翌年まで延期されたのだ。

「母上は、国王の血を引かない私を王太子に据えることに、耐えきれないほどの罪悪感を抱いていた。これまでに何度も私を殺そうとしてきたが、全て未遂で終わってしまい、とうとう正式に立太子する段になって、ある夜私のところにやってきて、全てを告白した。

私は不義の子で、本当の父が当時大司教であったアレクサンドルなのだと」

「――な……！」

あまりの事実に、エルネストは呻き声を上げた後、言葉が出てこなかった。

(アレクサンドルが、兄上の父親!?　では、エノーラと兄上は異母兄妹ということか!?)

エノーラの父親がアレクサンドルだったことにも驚いたのに、まさか兄までもが。

聖職者の立場で何人もの女性に手を出すアレクサンドルに吐き気がするのと同時に、あの男のどこにそんなに夢中になる魅力があるのか、などという疑問も湧いてくる。

(いや、脱線するな。今問題なのはそんなことではない)

混乱のあまり頭の中にさまざまな感情と疑問が湧いてくるのを、エルネストは深く息を吐くことで落ち着けた。

「……それで、どうなったのですか？」

話の続きを促すと、兄はちょっとおかしそうに微苦笑を漏らす。

「質問はないのか？」

「……全て聞き終えてからすることにします」

「賢明だ」

兄は満足そうに頷き、再び口を開いた。

「母は私に、泣きながら〝王太子の座を辞退しろ〟と言ってきた。だが私も混乱していて、そんなことはできないと言った。今まで自分は父王の子だと信じて生きてきたのに、突然そんなことを言われても、どうしていいか分からなかったんだ。すると母は〝ならば国王に全てを告げて、私は断罪される〟と言った。驚いた私は母を止めたよ。だって下手をすれば、母だけではない、私も極刑だ。そんな簡単に決められることじゃない。だが母は〝もう限界なのだ〟と泣き叫んだ。困った私は、アレクサンドルに連絡を取った。事の真偽を確かめたかったし、他の人に相談できる内容ではなかったからね」

自嘲ぎみに肩を上げる兄に、エルネストは「俺でもそうします」と言った。

兄に対する同情から言ったのではなく、本心だった。

実の母からそんなことを告げられるなんて、想像するだけでゾッとする話だ。兄はまだ十八歳だった。子どもに毛が生えた程度の若造がそんな恐ろしい事態に陥れば、驚いて錯乱するだろうし、何とか現状を維持したいと思って当然だろう。

「アレクサンドルは、私の話を聞いてこう言ったよ。〝殿下、何も心配されることはございません。この父が、全てを収めて差し上げます〟」

脳裏に教皇が若き兄にそう囁く姿が易々と浮かび、エルネストは歯軋りをした。

「下衆野郎が……ッ！」

口汚い罵《のの》りに、兄は面白がるように「ハハハッ」と笑い声をたてる。

「まったくだ。聖職者が聞いて呆れるな。だが未熟だった私は、その下衆野郎の言葉に絶望し、そして縊った。その結果、母上は殺されたのだ」

「――ッ、では、継母上が亡くなられたのは、病死ではなく……」

「毒殺だ。明らかに毒殺なのに、なんの証拠もなかった。使われたのは、おそらくカンタレッラだ。この事件で、一人の典医が母を死なせた責任を取って除籍された。当時母の主治医として抜擢されたばかりのアニタ・フラウだ」

「……エノーラの、母ですね」

低い声で確認すると、兄は「そうだ」と首肯した。

当時カンタレッラを作ることができたのは、アニタとアニタの母である森の魔女だけだ。となれば、直接王妃を毒殺したのはアニタだったに違いない。

アレクサンドルと懇《ねんご》ろの仲であったアニタは、アレクサンドルの指示ならば何でもやったのだろう。それほどあの男に心酔していたのだ。

(……その後、自分と自分の娘がどんな運命を辿ることになるかも知らずに……)

出会った時のエノーラの姿が眼裏《まなうら》に浮かび、エルネストはグッと喉に力を込めた。

痩せ細り、泥塗れの姿で、森の中で息を殺すようにして生きていた。独りはもう嫌だ、と血を吐くように言った娘の孤独を、アニタは想像だにしなかったに違いない。

「その後アニタは処刑される運命だったはずだ。だがアニタはどうやってか生き延び、母カミラのもとに戻ったが、間をおかず母諸共あの森に閉じ込められることになる。アニタを助け、母子をあの森に閉じ込めたのは、あなたですね、兄上」

エルネストの質問に、兄はふわりと優しげな笑みを浮かべた。

「そうだよ。気づくのが少し遅かったね、エルネスト」

「……そうかもしれない」

エルネストは皮肉げに笑う。兄を疑うなんて、自分の思考回路にはない選択だった。

エルネストが気づいたのは、アレクサンドルが娘の存在を知らなかったと分かってからだ。存在を知らない娘を、森に監禁することはできない。そして、あの森は国王直轄だ。

つまり、アレクサンドルが干渉できない場所であるとも言える。

「あの母子を森に監禁したのは、アレクサンドルに対する切り札になると思ったからだ。アニタは王妃毒殺の共犯者で、愛人だった。小さな証拠を集めていけば、あの男を聖職者の座から引きずり落とすことができるかもしれない。そして好都合にも、アニタが妊娠していて、生まれて来た子が白金髪と紫の瞳をしていた。あれはアレクサンドルの血筋の遺伝で、あの家の女性は皆あの色合いになるんだ。なぜかは分からないが。アレクサンドルの出身の土地ではよく知られていることだそうだ」

「知っています。調べましたから」

冷たく言えば、兄は「そうだったね」と苦く笑う。

「エノーラはアレクサンドルの罪の生きた証拠となった、というわけだ。だからあなたは、アレクサンドルにエノーラの存在を気付かれないように、祖母に髪を染めさせ、森から出さないように指示した。さもなくば孫娘諸共殺すと脅して」

「その通り」

にっこりと笑って肯定する兄に、エルネストはため息をついた。

「分からないのは、なぜそうまでして隠していたエノーラを、今になって俺に見つけさせるような真似をしたか、です」

思えば、エルネストがあの森へ行ったのも、兄の話を聞いて興味を引かれたからだった。

エルネストの性格を知っている兄ならば、戦災孤児を引き取って養っているような弟が、森で孤独に生きる少女を捨て置くことはないと分かっているはずだ。

「あなたは敢えて俺とエノーラを出会わせた。その上、エノーラの出自を調べるように助言までしてきた。なんのために？」

エルネストが問い詰めると、兄はずっと浮かべていた微笑みを消し、真顔になってゆっくりと瞼を閉じる。

「――罪悪感だよ」

「なんだって？」

あまりに短い答えに、思わず怪訝な声が出た。そんな簡単な言葉だけで終わらせられる話ではないだろう、と言いたくなったが、兄が再び瞼を開け、まっすぐにこちらを見つめてきたので息を呑んだ。兄の茶色の瞳は、まるで夜の海のように真っ黒だった。

「今になって、母上の気持ちが分かる。罪悪感だ。国王たる資格もないのに、国王でいることへの。夢に母上が出てきて言うのだ。〝お前は国王ではない〟と。口から血を吐きながら、私を王座から引きずり下ろそうとする……」

そう語る兄の光のない目に、エルネストは図らずもゾッとしてしまった。エルネストは軍人だ。戦争で何百人、いや何千人という敵兵の命を屠《ほふ》ってきた。だからこの手は血に塗れているという自覚はある。結果的に母を殺した兄よりも、きっと背負う罪は重い。

だが兄の背負っている罪は、もしかしたら自分が思うよりもずっと深く痛いものなのかもしれない。実の母を――愛する者を殺したという罪悪感は、何よりも自身を苛む毒となっているのだろう。

「私は王家の血を引いていない。にもかかわらず王座に就いている。実父であるアレクサンドルを脅し脅されながら、いつ真実が白日《はくじつ》の下《もと》に晒されるかと怯えて生きていくことに、疲れたのだ。私は、国王の器ではない。だから、国王たる資格を持つ唯一の存在であるお前に、全てを裁いてほしかったのだ」

エルネストはギョッとした。

（なんだと……？　ではつまり兄上は、俺に王位を明け渡すために、これまでのことを⁉）

兄はゆっくりとエルネストの傍まで歩み寄ると、その手を取って何かを託すように握りしめた。

「国王たる資格って……何を言っているんだ、兄上！　俺は婚外子だ。国王の資格などあるわけがないだろう！」

兄の手を振り払おうとしたが、兄は手に力を込めて放そうとしなかった。

「それがなんだ！　お前は父王の血を引いている！　私には、一滴も流れていない、王家の血が！　お前こそが、この国の王なのだ！」

血走った目をして、兄が言った。その目に宿る闇と苦悩を見て、エルネストは兄が本気でそう思っているのだと悟った。兄はこれまでエルネストの引退をなんとかして阻止しようとしてきた。それでもエルネストが国外に逃亡するぞと脅せば将軍職の引退は認め、しかし、領地に引っ込もうとする弟を理由をつけては王都へ呼び戻し、相談役だと言って傍から離そうとしなかった。

（それも全て、俺を王位に就けようとしていたからだったのか……）

兄の頼みならなんだって聞いてきた。兄を信頼していたし、兄の理想とする国を作るために、助力を惜しまないと子どもの頃に誓ったからだ。

（だが、これはダメだ……！）

エルネストは兄の暗い目を見据え、力を込めて一喝《いっかつ》する。

「いい加減にしろ、ジョージ！　俺をがっかりさせるな！」

その叱咤に、兄はビクリと体を震わせた。それはそうだろう。これまでの人生で、エルネストは兄を叱ったことなど一度もなかった。

「俺の兄は誇り高く、優しく、強い人だ。あなたはこの国の王だ！　禍々《まがまが》しい戦禍の時代を潜り抜け、この国に平和をもたらした賢王ジョージ、それがあなただ！　あなた以上に国王に相応しい者などいない！」

「その平和をもたらしたのは、お前だ、エルネスト」

力なく笑う兄に、エルネストはキッパリと首を横に振って否定する。

「俺は戦っただけだ。各国に間諜《かんちょう》を放って情報を操り、他国の情勢を見て交渉を進め、戦争を終結させたのは、あなただ。俺は戦うという一つのことしかできないが、あなたはその笑顔で人を纏め、良き方へ導くことができる天性の指導者だ」

エルネストの力説に、兄は困ったように瞼を伏せる。

「買い被っているんだ」

「それはこっちの台詞だ。俺は国王の器じゃない。国民の安寧よりも、自分の安寧の方が大事だからな。俺はいつだって怒っている。人が嫌いで、不機嫌を隠さない。他の誰も慮らない。だがあなたは違う、ジョージ。あなたが〝笑顔の王《スマイリング・ジョージ》〟と呼ばれるほど笑うのは何故か、俺は知っている。あなたは国民を不安にさせないために笑うんだ。辛い時、苦しい時ですら、微笑みを浮かべる。笑顔一つですら民のものだと考えている……あなたはそういう人だ。俺の兄はそういう人なんだよ！」

「だが私には、王の血が流れていないんだ！」

エルネストの長い説得を、兄が叫ぶように遮った。

だがエルネストは負けなかった。ここで引いたら終わりだと分かっていたからだ。ここで自分が一歩でも引けば、兄は永遠に戻ってこない。

「だからなんだ！」

エルネストは腹の底から声を張った。野太い叫びは周囲の空気をビリビリと震わせ、兄王の目を見開かせた。

エルネストは両手で兄の顔を摑み、触れるほどに顔を近づけ、唸るように言った。

「血が国王を作るなどと馬鹿げたことを言わないでくれよ。〝神に選ばれし建国王〟などという御伽話をするのもナシだ。建国史などただの捏造だ。子どもの頃、俺にそう話してくれたのは、他ならぬあなただったはずだ。国王もただの民の一人だ。人々を守り、導く能力のあった者が指導者となり、やがて国王と呼ばれるようになった。それだけだ。国王は血じゃない。能力なんだよ、ジョージ！」

「……エルネスト……」

至近距離にある兄の目が、ぐらりと揺らいだ。目に涙が溜まり、今にもこぼれ落ちそうになるが、兄は泣かなかった。

「……だが、私は母を殺した……」

「俺は何万人と殺したよ。人の命を屠って、ここに立っている」

「お前は私と違う。肉親殺しの罪は重い」

「同じだ。肉親であろうと他人であろうと、人の命の価値が変わることはない。……だが、それでもまだ己に罪があると言うなら、俺が許す」

そう言った瞬間、兄の目の中心の瞳孔がキュッと窄《すぼ》まるのが分かった。

「ジョージ。あなたがこの国の王たることを、俺が許す」

エルネストは一言一言、ゆっくりと告げた。自分は神じゃないし、殺された兄の母妃でもない。だから許す権利などそもそも持っていない。馬鹿げた発言だ。

そう分かっていても、兄を許したかった。兄はきっと誰かに許されたいのだ。だが、誰かに罪を告解することも、許しを乞うこともできず、限界を迎えてしまったのだろう。

(誰も兄上を許さないなら、俺が許す)

強い意志の籠もった赦免《しゃめん》の言葉に、兄は膝から崩れ落ち、咽び泣き始めた。

「――ああ、エルネスト……、ありがとう……」

声にならない囁きに、エルネストもまた涙を零したのだった。

＊＊＊

誰かに呼ばれた気がして、エノーラは背後を振り返った。

だがそこにはいつもの森の風景が広がっているだけだ。鬱蒼と茂る木々と、光を通しにくいせいでずっと湿っている土。薄暗い景色は陰鬱で、見ているだけで心が塞がってきてしまいそうだ。

「……私ったらどうかしていますね」

この不気味な森に人が訪れるなんてことは、滅多にない。そう分かっているのに、誰かに呼ばれる幻聴を聞くなんて、きっとエノーラの心がまだ外の世界への未練でいっぱいだからだ。

エノーラは数日前に、王宮から生まれ育った森に帰ってきた。

王妃に「何に価値を置くかは自分で決めていい」のだと教えてもらってすぐ、エノーラは行動した。

(もう一度だけ、エルネストさんに会いたい。会って、傍に置いてくださいと頼んでみよう。またためだと言われたら、今度こそ諦めよう)

王妃に王宮を出てエルネストに会いに行きたいと頼むと、彼女は「では陛下にお願いしてごらんなさい。陛下のことだから、きっとすぐに許可してくださるわ」と微笑んだ。

王妃に言われるがままに国王に会いに行き、外出の許可を強請ると、国王はにこやかに言ったのだ。

『外出するのは構わないんだ。だが弟に会わせることはできないな』

まさか断られるとは思わなかったエノーラは、驚いてなぜなのかを訊いた。すると国王はやれやれとため息をついた。

『君は弟に捨てられたんだ。未練がましく何度も縋ったところで、弟の結論が覆るとは思えない。あまり弟を困らせないでやってくれ』

そう言われてしまえば、エノーラには返す言葉もない。国王が言ったことは、エノーラも一度思ったことだったからだ。

しょんぼりと肩を下げると、国王は申し訳なさそうな顔になった。

『弟は、君を貴族の男に嫁げるようにするために、王妃に後見人になってくれと頼んでいった。それが弟なりの精一杯の誠意だ。聞き分けてくれ』

『――他の男性に嫁ぐ……!?』

思いもよらないことを言われて、エノーラは仰天してしまった。エルネストに捨てられたことは理解していたが、それがなぜ他の男性と結婚することに繋がるのか。

驚くエノーラに、国王の方も驚いたようで目を丸くしていた。

『貴族の女性は、年頃になれば皆嫁ぐものだ。君は半分平民だし、父親も貴族かどうか定かではない以上、貴族とは結婚できない。だが我々のような身分の高い者が後見人になることで、貴族に嫁ぐことができるようになるのだ。エルネストはそのために、君を私に預けたのだよ』

『——で、では、私がこのまま王宮に留まれば、いずれ貴族の男性と結婚しなくてはならないということですか!?』

震える声で訊ねると、国王は困ったように『私はそのつもりだったが』と答えた。

エノーラは愕然とした。エルネストから拒まれ、置いて行かれたことは理解していた。だがまさか他の男性と結婚しなくてはいけない未来が用意されていたなんて。

（——イヤです。他の男性と結婚だなんて……！）

エルネストに愛されなくてもいい。ただ彼の傍に居させてほしいと願った。それが叶わなくとも、自分は一生彼を好きでいるのだろうと思っていた。

（私はあなたを好きでいることすら、許してもらえないのですか……！）

情けなさに涙が込み上げる。想いを受け取ってもらえない痛みには耐えられた。だが、想うことすら許してもらえないなんて、自分が惨めで、情けなかった。

だがエノーラは、王妃の言葉を思い出して顔を上げる。

——自分にとって大切なもの、何に価値を置くのかを決めるのは自分よ。

（そうです。私にとって大切なものを決めるのは、私でなくてはいけないのです）

だったらエノーラは、ずっとエルネストを好きでいることを選択してもいいはずだ。

なぜなら、これはエノーラの人生なのだから。

エノーラは背筋を伸ばして国王の顔をまっすぐに見て言った。

『分かりました。エルネスト様のところに行きたいとは、もう申しません。ですが、その代わり――』

エノーラが希望したのは、森に戻ることだった。

優しい王妃や可愛らしい王女と別れるのは寂しかったが、あのまま王宮にいればいずれエルネスト以外の男性と結婚しなくてはならない。

エノーラはそうしたくない。だから、エルネストを想い続けていられる場所へと移ることを決めたのだ。

(この森の中でなら、エルネストさんをずっと好きでいられる)

その代わり孤独な人生に逆戻りになってしまうが、それが自分の選択なのだと思えば耐えられる。エノーラにとって、誰かに選択させられることの方が苦痛だ。それは祖母との約束を彷彿とさせるから。

「森を出ないこと、髪を染めること――」

あれほど嫌だった約束を口にしてみると、なぜか少し懐かしさを感じて笑ってしまった。

約束を破ってしまったエノーラにしてみれば、森を出ることも、髪を染めないことも、大したことのない内容だ。どうしてあれほど破ることに怯えていたのだろうか。

「森の中にいても、私は自由なのですね」

それはとても嬉しいし、安心できることだ。

(だから、私は大丈夫。一人でも、生きていける)

エルネストを想って泣くことはあるかもしれないが、きっと他の男性と結婚させられてしまえば、それもできなくなるに違いない。

「……大丈夫、私は、大丈夫……」

呪文のように呟いていると、背後から声がした。

「俺は大丈夫じゃない」

ギョッとして振り返ると、数歩離れた木の陰から、鍛えられた長軀《ちょうく》が姿を現した。

「──エルネスト様？」

端正な美貌に、薄暗い森の中でも分かるほど、美しい新緑色の瞳を持つ男性──エノーラが会いたくて堪らなかった、エルネストその人に間違いない。

(……本当にエルネストさんなの？　本物？　私があまりに会いたいと思ってばかりいるから、幻を見ているのではないかしら……)

呆然と彼を見つめていると、エルネストは少し苦い笑みを浮かべ、首を傾《かし》げた。

「久しぶりだな、エノーラ」

「本当に、エルネスト様なのですか？　幻ではなく？」

思わず訊くと、エルネストは虚《きょ》をつかれたように目を瞬き、小さく声を立てて笑う。

「ハハ、その発言の理由が、俺の想像通りだと嬉しいんだが……」

「……？　どういう意味ですか？」

「……あ〜、いや、なんでもない」

彼がそう言いながら近づいてきたので、エノーラは咄嗟に後ろへ下がってしまった。

それを見たエルネストが目を見張って動きを止めた。

「……俺が怖いか？」

寂しそうに訊ねられて、エノーラは慌てて首をブンブンと振って否定する。

「い、いえ、違います！　ただ、どうしてエルネスト様がここにいるのかと思ったら……」

不安になったのだ。彼の許可なしに王宮を出てしまったから、連れ戻されるのではないかと。それにエルネストはエノーラを森から連れ出してくれた人だ。エノーラが森で孤独に暮らすこと嘆き、『祖母の虐待』だとまで言っていた人が、エノーラが森に戻ることをよしとするわけがない。

「……エルネスト様、お願いです、私はここにいたいのです。どうか王宮へ連れ戻そうとなさらないでください」

エノーラは必死に懇願した。エノーラはエルネストを愛している。ずっと会いたいと思い続けていた彼を目の前にして、抱きついてしまいたいという気持ちを抑えるのが大変なほどだ。だから彼に「王宮に戻ろう」と説得されたら、情けないことに、言うことを聞いてしまいそうなのだ。

するとエルネストは眉を顰めた。

「王宮で嫌なことをされたのか？」

「いいえ！　嫌なことだなんて、とんでもありません！　王妃様も、王女様も、他の方たちだって、皆さんよくしてくださいました」

「だったらなぜ……」

不可解だと言うように首を捻るエルネストに、エノーラは寂しく笑った。他の男性と結婚することがエノーラの幸せなのだと思っているエルネストには、分からないのだろう。

(愛する人にそんな幸福を願われることが、どれほど虚しく悲しいことか……)

込み上げそうになる涙を唾を呑み込むことで堪え、エノーラは目を伏せて言った。

「王宮は、私には不自由な場所でした。私は自分の思うままに生きたい。だから森に戻ってきたのです。ここでは、私が何をしようと、誰を想おうと自由なのです」

エノーラはなんとか分かってもらおうと言葉を重ねたが、エルネストは納得しない。

「だが、君は森で孤独だ。あれほど一人は嫌だと言っていただろう？」

エルネストが言いながらエノーラの方へ歩み寄って来る。

あの腕に捕まったら終わりだ、と思った。彼の腕の中に抱き締められたら、彼の言うことを聞いてしまいたくなるに決まっている。

エノーラは首を何度も横に振りながら、彼が近づいてくる分、後退りをした。

「……エルネスト様、お願いです、どうか分かってください」

「いや、分からない。分かるわけにはいかないんだ。君は孤独にはうんざりしていたはずだ。そうだろう？」

なおも執拗に言い続けるエルネストに、エノーラは半ば自棄《じき》になって叫んだ。

「ええ、一人は嫌です！　孤独なんて、今でも大嫌い！　でも、私はあなたを好きでいたいのです！　あなた以外の人と結婚なんて、絶対にしたくない！」

そう言った瞬間、腕を取られて引き寄せられ、抱き締められていた。

温かな体温とエルネストの匂いに包み込まれ、エノーラは息を呑んだ。

「他の男と結婚なんてさせるか。君は俺のものだ」

唸るような低い声が耳元で響いて、エノーラは驚いて顔を上げる。

「……それは、どういう意味ですか？」

ドキドキと心臓が高鳴る。期待をしているからだと分かって、エノーラは心の中で必死それを鎮めようとした。エルネストは、エノーラを被保護者としてしか見ていない。だからエノーラは捨てられて王宮に預けられた。だから期待してはいけない。また傷つくことになってしまう。

だがどれほど押し殺そうとしても、期待はどんどん膨らむばかりだ。

そのエノーラの眼差しを見て、エルネストは少し口籠もるように唇を引き結んだ後、意を決したように口を開く。

「……君を愛しているという意味だ」

愛している、という言葉に、エノーラの胸が喜びで膨らんだ。

「――本当ですか？　本当に、私を愛してくださるのですか？」

震える声で訊ねると、エルネストはエノーラの頬を指で優しく撫でながら、「本当だ」と短く囁く。

「俺は人が嫌いで、面倒臭いことが大嫌いだ。それなのに、君の面倒を見るのは楽しくてしかたがなかった。君が可愛くて、愛しくて、なんでもしてやりたいと思った。俺をこんな気持ちにさせるのは、君だけだ。……愛している、エノーラ。どうか俺の妻になって、一生傍にいてくれないだろうか」

彼の言葉を聞きながら、エノーラは嗚咽を漏らした。

こんな奇跡が起きていいのだろうか。愛する人に愛を返してもらえる奇跡のような幸福を自分が得ることができるなんて、思ってもいなかった。

この森でエルネストを想い続けて死んでいくのだと思っていた。

「……私も、私も、愛しています、エルネスト様。あなただけを、これからもずっと」

泣きながら返事をしたエノーラを、エルネストは再び強く抱き締めたのだった。

エピローグ　夢

英雄ラトランド公爵の結婚式は、王都にあるロイデリック大聖堂で行われた。

代々王族の結婚式は聖クルス大聖堂で行われるのが慣わしだが、先の教皇が罷免《ひめん》された事件のせいで、聖クルス大聖堂が取り調べのために閉鎖されており、別の大聖堂を使うことになったのだ。

国教である聖クルス教の長が、毒薬を使って多くの人々を殺害する裏ギルドの長であったという衝撃的な事実は、国中の人々を震撼させたが、ジョージ王によってそのギルドは完全に解体され、ギルド員たちは残らず牢に入れられたことで事件は終息した。

また新たな教皇を決めるための教皇選挙《コンクラーベ》が、来年開催されることになっている。

そんな中、英雄であるラトランド公爵の結婚というおめでたいニュースに、民は大変喜んだのだが、人嫌いと名高い公爵本人は派手な催しを好まず、結婚式も身内だけで祝いたいとの希望から、招待客は国王一家のみというひっそりとしたものとなった。

それでも新郎と新婦は非常に幸せそうだったそうだ。

白いウエディングドレスに身を包んだ花嫁はたいそう愛らしく、まるで妖精のようだったとルイーズ王女が述べたとか。

さらに普段仏頂面ばかりのラトランド公爵が、甘く蕩けるような表情で花嫁を見つめていたとかで、見ている者たちにもその熱愛ぶりが伝わるほどだったという。

披露宴でも、晩餐《ばんさん》もそこそこに花婿は花嫁を連れて祝いの席から消えてしまい、主賓である国王夫妻を呆れさせたそうだ。

「……まったく、乾杯をしたと思ったら消えてしまって……。我が弟ながら、あれでは猪のようだ」

「まあまあ、ずっと我慢していたのでしょうから、限界だったのですわ。大目に見て差し上げて」

国王夫妻のそんな会話を、王子と王女が不思議そうに聞いていたのだった。

エルネストに手を引かれ、結婚披露宴を抜け出したエノーラは、ドレスの裾に躓きかけた瞬間、身体を横抱きに抱え上げられて目を瞬いた。

「エ、エルネスト様？　私、歩けます」

「悪いが、俺が待てないんだ」

そう答えるエルネストの声は切羽詰まっていて、反論を許す雰囲気ではない。

エノーラは仕方なく大人しくしたが、エルネストはそのまま寝室の方へ向かっていく。

「えっ……あの、披露宴はどうするんですか？」

まだ乾杯をしたばかりで、食べ物も碌に食べていない。それに主賓である国王と王妃を放置していいものなのだろうか。

「待てないと言っただろう」

答えになっていない、と思ったが、問答無用でベッドに下ろされてしまった。

真っ白なシーツの上に、真っ白な花嫁衣装を着たエノーラが座っている光景を見下ろし、エルネストがため息と共に吐き出した。

「きれいだな」

「あ、ありがとうございます……」

エルネストの眼差しが、いつもの優しいものではなくなっていて、エノーラは戸惑いながら礼を言う。今夜が自分たちの初夜だ。彼が自分をここへ連れてきた理由は分かっているし、エノーラ自身エルネストと結ばれることを夢見ていたのだから、喜ばしいことだ。

だがそれでも、いざ直面すると狼狽えてしまうのは、どうしてなのだろう。

「エノーラ」

名前を呼ばれて顔を上げると、キスが降ってきた。唇が柔らかく合わされたかと思うと、歯列を割って肉厚の舌が入り込んできて、口内を蹂躙《じゅうりん》された。

想いが通じ合ってから、キスは何度もしてきた。だから深いキスにも慣れてきていたが、
それでも今日のキスはとても情熱的だ。

唇を離された時には、エノーラの息はすっかり上がっていた。

呼吸困難とキスで煽られた愉悦に、とろりと眼差しを上げると、エルネストがドレスの背中にある紐をシュルリと解く。

「全部見せろ。君の髪一筋、爪の一欠片まで、全部俺のものだ」

呻くように言うと、エルネストはエノーラの夜着と下着を全て取り払った。

自身ももどかしげに着ていた物を脱ぎ捨てると、生まれたままの姿でベッドに横たわるエノーラを、上からしげしげと見下ろしてきた。

「すごいな。なんてきれいなんだ……」

ため息のように言われて、エノーラは顔が熱くなるのを感じた。

エルネストに己の全身を見られているのだと思うと、恥ずかしくて泣きたくなる。

鍛え上げられた完璧な肉体をしている彼は、見られても恥ずかしくないだろうが、こちらは痩せぎすで貧相な身体である。少しでも隠したくて身を丸めて横向きになろうとすると、エルネストに肩を押さえられて止められた。

「隠すなと言っただろう。ようやく俺のものになったんだ。全て確かめさせてくれ」

懇願するように言われ、エノーラはジロリと彼を見上げた。

そんなふうに言うのはずるい。言うことを聞いてしまいたくなるではないか。

「エルネスト様は、ずるいです」

思わず文句を言えば、エルネストは「ハハッ」と短く笑った。

「ずるいか。だが今日は大目に見てくれ。念願叶って愛する人を妻にして、浮かれているんだ」

「～～ッ、そういう言い方がずるいと思うんです……！」

「知っている」

笑みを含んだ声と共に、キスで唇を塞がれた。

（――ああ、エルネストさんのキスだ……）

温かい唇の感触に、最初のキスの思い出が蘇って、目頭が熱くなった。

最初で最後のキスだと思っていた。エルネストはいくら欲しがっても手の届かない月のような存在で、ただ想っていられるだけでいいと。あのキスを宝物に、一生彼を想って生きて、死んでいく覚悟をしていた。

それなのに、彼も自分のことを愛してくれて、こうして自分の想いを受け取ってもらえるなんて、夢のようだ。

喜びに、涙がこめかみを伝って流れた。

それに目敏く気づいたエルネストがキスをやめ、涙の跡を指で拭ってくれる。

「どうした？　なぜ泣く」

「……嬉しくて。あなたとこうしていることが、幸せなのです」

奇跡のような恋の成就に、涙が溢れて止まらなかった。

泣きながら微笑むエノーラに、エルネストもまたくしゃりと笑った。

「俺もだ。君に手を出してはいけないのだと、ずっと自制してきた。俺は君の保護者なのだから、邪な気持ちを抱いてはいけないと思っていたんだ。今思えば、実に馬鹿馬鹿しい我慢だったが……」

ぼやくように言うのが意外で、エノーラは彼の顔を覗き込みながら首を傾げる。

「馬鹿馬鹿しい我慢、だったのですか？」

するとエルネストは肩を上げて「ああ、実にね」と首肯した。

「思い返せば、俺はあの森で狼から救ってもらった時から、どうしようもなく君に惹かれていた。君の境遇に同情したのと、君を救い出さなければという庇護欲からだと思っていたが、それらはただの大義名分だった。俺は単に君を自分の傍に置きたかっただけだ。でなければ、君を自分の屋敷に連れ帰ったりしない。言ったろう？　俺は面倒臭がりなんだって。人の面倒を見るのは好きじゃない。現に、俺は他の戦災孤児のために孤児院を作ったが、自分の屋敷で面倒を見たことはなかった」

自嘲めいた口調で言うエルネストに、エノーラは苦笑してその唇にキスをする。

自分からキスをしたのは初めてだったから恥ずかしかったが、きっと嫌がられることはないはずだ。案の定、エルネストは驚いたように目を丸くしたものの、ふっと相合を崩した。

「君からキスをもらったのは初めてだな。だが、どうして？」

「エルネスト様は、いつも自分を悪く言いたがるところがありますから。あなたが自分を悪く言った時、私がキスで教えてあげることにしようと思って」

エノーラの言葉に、エルネストは意表を突かれたように絶句した。

「……なるほど」

「私は、あなたのことが大好きなので、あなたが悪く言われるのは好きじゃないのです。たとえそれが、あなた自身であっても。だから、その口を塞いであげます」

これで自分を卑下することができないだろう。我ながらなかなか良い案だと思ったのに、エルネストはニヤリと意地悪そうに口を歪めた。

「では俺は、毎日自分を悪く言うことにしよう」

「えっ……」

「そうすれば、毎日君からキスをしてもらえるのだろう？」

言いながら、エルネストは再びエノーラの唇を塞いだ。

そんなことをしなくても、キスをしてほしいならいつだってしてあげるのに、と思ったが、それを言う暇は与えられなかった。

キスはすぐに深くなり、エノーラはあっという間に追い詰められて息を切らせる。

彼の舌が歯列をなぞり、自分の口内で蠢《うごめ》くと、ゾクゾクとした快感が背中から首筋を這い上がってくる。心臓がドクドクと大きな音を立て、身体が熱を発し始めた。

どちらのものとも分からない唾液が音を立て、それがひどくいやらしく聞こえて、エノーラの羞恥心を煽る。不思議なことに、恥ずかしいと思えば思うほど、身体がどんどん敏感になっていく気がする。

エルネストが触れてくれる、全ての場所が気持ち好かった。

大きな手は乾いていて、温かい。その感触が自分の肌の上を滑り、弄《まさぐ》り始める。エノーラは陶然としながらそれを受け入れた。

初めての経験なのに、怖さはまったくない。

鎖骨の形を確かめるように撫でた後、彼の手がエノーラの乳房を掴んだ。痩せぎすのエノーラの乳房は小さい。きっと物足りないだろうに、彼はそのささやかな肉を何度も捏ねたり撫でたりして遊んだ。

小さくて申し訳ないな、などと思った瞬間、胸の尖りを摘まれて、エノーラは小さく悲鳴を上げた。

「――ひっ」

先ほどまでの愛撫とは違う強い快感に襲われ、体がビクンと揺れる。

その反応は当然エルネストにも伝わり、彼が嬉しそうにうっそりと笑う吐息が聞こえた。

「なるほど、ここか」

楽しげに言うと、エルネストはエノーラの鼻先にキスを落とした後、頭を下げて右の胸の先をぱくりと口に含む。

「ヒァッ」

生温かく濡れた感触に敏感なところを包み込まれ、エノーラの身体の芯がカッと熱くなった。乳首は熱い口内であっという間に芯を持って硬くなり、さらに感覚が研ぎ澄まされていく。

エルネストは硬くなった乳首を転がしたり吸ったりする傍らで、もう片方の胸の尖りを指で弄ってくる。両方を同時に刺激されると、むず痒いような愉悦が高まり、お腹の底がジンジンと疼き始めた。

「ん、ああっ」

自分の中の熱を逃そうと身を捩ると、エルネストが愉快そうに喉を鳴らして笑う。

まるで獲物をいたぶる肉食獣のようだ。

だがそんな彼も美しく、エノーラは快楽の波に翻弄されながらも、うっとりとエルネストに見入った。

しなやかで美しい獣が、自分の身体を貪っている。

その光景は淫靡《いんび》なのに、どうしようもなく嬉しくて、幸せだった。

自分も彼に触れたくてその漆黒の髪に触れると、エルネストはエノーラの手に頬擦りをするように頭を寄せてくる。

(——本当に、狼のよう)

野生の狼が人に懐くことはないだろう。人が嫌いだというエルネストもまた、易々と人に懐くことはない。こうして触らせてもらえるのは、彼の認めた者だけなのだ。そう思うと、自分が誇らしく思えてくる。

乳首を散々いたぶって気が済んだのか、エルネストはエノーラの膝を抱えると、脚を大きく開かせた。

秘めた場所が丸見えになる体勢に、エノーラは驚いて身を起こそうとしたが、彼に肩を押さえられる。

「大丈夫だ、怖くない」

怖いのではない。恥ずかしいのだ、と言いたかったが、彼の表情が真剣だったので口を噤《つぐ》む。エノーラが身体の力を抜いたのが分かったのか、エルネストはニコリと微笑んで頷いた。

「いい子だ。ここはよく解さなければ、怪我をさせてしまうからな」

言い聞かせるように言うと、彼はおもむろにそこに自分の顔を埋めた。

（えっ……）

仰天していると、脚の付け根にピチャリと濡れた感触がして、悲鳴を上げて体を起こす。

「きゃあっ！　エルネスト様、何を……!?」

「シィッ！　大人しくしていてくれ」

まるで聞き分けのない子どもを叱るように言われ、エノーラは困惑しながらも再びシーツに背中をつけ、祈るように胸の前で手を組んだ。

（エルネストさんが、あんな場所を舐めて……!?　こんなの、本当に狼みたい……！）

森に棲む狼が、仲間が怪我をした時に傷口を舐めて労る姿を見たことがあるが、この行為はそれに近いものなのだろうか。

混乱した頭でそんなことを考えていると、割れ目を舌でなぞられて、腰が浮いた。

「あっ……!?」

「こら、動くな」

腰が揺れたせいで愛撫を邪魔されたエルネストが不満そうな声を出す。

動くなと言われても、と涙目になったが、逞しい両腕で太腿を固定されて、再び愛撫が再開された。

エルネストの舌が、閉じた花弁を割り開くように蠢き、やがて最も敏感な淫芽を捕らえた。包皮の上から推し潰すように捏ねられて、エノーラの身体の中に快感の火花が飛ぶ。

「あっ、んんっ……アッ、エルネスト、さまっ……それ、ダメェっ」

強い刺激にあっという間に限界を迎えたエノーラは、身体をしならせて絶頂へと駆け上がった。

「ぁああっ」

甲高い嬌声を上げ、爪先を引き攣らせて愉悦に震えるエノーラに、エルネストが満足げなため息をつく。

柔らかな内腿に何度もキスを落としながら両脚をさらに開かせると、濡れそぼちひくついた膣口に自身の剛直を当てがった。

「あ……」

愉悦の余韻に浸りながらも、エノーラは熱く硬い感触に視線を上げた。

愛する人の美しい顔が、こちらを見下ろしていた。

「いくぞ」

短い問いは、けれど優しさを含んでいて、エノーラは微笑んで頷いた。

初めての性行為には痛みが伴うのだとクララから聞いている。だから怖さがないと言ったら嘘になる。だが、それでもエルネストが与えてくれるのなら、きっと痛みも幸せだと思うだろう。

エルネストが腰を小刻みに揺らし始める。ぐぷりと蜜口に何かが入り込んでくる感触がして、その違和感にエノーラは眉を寄せた。粘膜を押し開くように、熱い昂りが自分の内側に侵入してくる。身体の大きなエルネストの熱杭は凶暴なまでに大きく、エノーラの隘路を容赦なく拓《ひら》いていった。

（……っ、苦しい……！）

粘膜をギリギリまで広げられ、入口が引き攣る。大きなものを受け入れる衝撃に、身体の内側が悲鳴をあげているのが分かった。だが、我慢ができないほどではない。

それどころか、彼が自分の中に入り込もうとしているのだと思うと、胎の奥から鈍い悦《よろこ》びが込み上げてくる。

「エノーラ……！」

狂おしく名前を呼ばれた瞬間、エルネストが鋭く腰を動かして、自身を一気に泥濘《ぬかるみ》の中に沈めた。

「あうっ！」

獣のような悲鳴が出た。強烈な痛みが身体の奥を貫き、エノーラは四肢を痙攣させる。まるで身体の中心を鈍器で殴られたような痛みだった。痛みはジンジンと脊椎《せきつい》に響き、全身から冷や汗がどドッと噴き出してくる。

エルネストは奥まで貫いた後、しばらく動かずにいてくれた。

「すまない。痛いか？　なるべく痛くないようにしたかったのだが……」

エノーラの額に浮いた汗を手で拭いながら、エルネストは心配そうにこちらを見下ろしている。その顔を見ていたら、痛みに恐慌状態だった体が、少しずつ弛緩《しかん》していき、痛みも和らぎ始める。

「エルネスト様……」

エノーラは彼に向かって両手を広げる。胸に込み上げた愛しさのままに、彼を抱きしめたかった。

エルネストはすぐに理解し、上体を倒してくれた。

エノーラは逞しい背中に腕を回し、大きな身体を抱き締めた。彼の汗の匂いがして、涙が溢れる。

(ああ、夢のようだ)

喜びのままにエルネストにキスをすると、彼は少し目を見張って訊ねた。

「痛みは引いたのか？」

「……はい、もう大丈夫です」

頷くエノーラに、彼はホッと息をついて「それは良かった」と呟いた。

「動くぞ。……悪いが、もう限界だ」

エルネストが唸るように言って、エノーラの背中とシーツの間に自分の腕を滑り込ませた。両肩を抱えるようにされると、エルネストとより身体が密着した。彼の体温と汗を、自分の肌の上に直に感じられて、エノーラの胸に快楽とは別の多幸感が広がっていく。

「エノーラ……エノーラ」

譫言《うわごと》のように名前を呼びながら、エルネストはエノーラの唇を貪りながら、腰を動かし始めた。

破瓜の痛みは、もう感じなかった。

ずり、ずり、と太く硬い熱杭が自分の隘路《あいろ》を擦り上げると、痛痒いような痛みが起きてエノーラを苛《さいな》む。それを癒やすのはやはり彼の熱杭で、張り出したエラの部分で媚襞をこそがれると疼痛が和らぐ快感を得た。だがまたすぐに疼痛が起こり、悪いことにその痛みはどんどんと膨らんでいくのだ。苛むのもエルネストならば、癒やすのも、さらに増長させるのもエルネストだ。何度も何度も蜜筒を擦られるうちに、その疼痛も快感も全て熱い愉悦へと変わっていく。

白い愉悦はエノーラの全身に、甘い毒を振りかけていく。毒は瞬く間に浸透し、身体はより敏感に快楽を拾い、頭は酩酊《めいてい》して愉悦だけを追うようになっていった。

エルネストの肉棒が最奥の硬い部分を小突き始めると、重怠《おもだる》い、けれど頭の奥が痺れるような愉悦が脊柱《せきちゅう》に響く。

（ああ、頭が、おかしくなりそう……）

揺さぶられ、揉みくちゃにされて、エノーラはひたすら喘ぎ続けた。

激しい動きに、エルネストの胸板で乳首が擦られるのが気持ち好い。押し潰されるほど抱き締められて苦しいのに、嬉しかった。

ただひたすら、エルネストが愛しくて堪らなかった。

エノーラの想いは身体にも伝わるのか、初めて男を受け入れたばかりの隘路は、戦慄《わなな》きながらも健気に剛直に絡みつき、奥から止めどなく愛液が溢れてくるのが分かる。

上下も左右も分からなくなるほど揺さぶられながらも、エノーラは手を伸ばしてエルネストの頬を包み込んだ。

「エ、ルネスト、さま、……好き、好きです……っ、愛してます……」

言わなければいけない気がして、愛を告げた。

今こうして交じり合い、繋がっていることが、自分が思うのと同じくらい幸福だと思ってほしかった。

エノーラの愛の告白に、エルネストが一瞬目を見開く。

そして蕩けるように笑って言った。

「俺も、愛している、エノーラ」

その言葉に、涙が溢れた。

キスを交わしながら、勢い良く隘路の底を突かれて、情欲の熱がどんどんと膨らみ、高まっていく。打ち付けられるたびに肌が擦れ、汗で滑るその感触にも快感が煽られた。

「いくぞ、エノーラ」

キスの合間にエルネストが言って、身の内側を抉る雄の肉が重量を増すのが分かる。そして次の一突きの後、それが弾けた。

熱い射液が胎の奥に撒き散らされるのを感じながら、エノーラもまた高みに駆け上がったのだった。

＊＊＊

ラトランド公爵邸は、すっかり秋の気配に包まれている。

庭師が懸命に手入れをしている甲斐があり、色とりどりの花々が咲き誇っている。可憐なコスモスが咲き乱れ、秋咲の薔薇も見事な花をつけているし、大きな金木犀《きんもくせい》がたくさんの花を咲かせ芳しい香りを漂わせている。

これほど見事な庭だというのに、屋敷の主人夫妻はといえば、屋内に引っ込んだまま出てこようともしない。

それも仕方ない。結婚してしばらく経つが、彼らは未だお互いに夢中なのだから。

「あの、エルネスト様」

エノーラはおずおずと夫に向かって声をかけた。

「んん？」

半年前に夫となったエルネストは聞いているのかいないのか、曖昧な返事だ。

これではいけない、とエノーラは彼を見上げ、思い切ってハッキリと言った。

「いい加減、膝から下ろしてください」

そう。エノーラは今、彼の書斎で、彼の膝の上にのせられていた。

いわゆるお膝抱っこの体勢だ。まだ新婚期間中であると言える二人において、特に珍しい光景とは言えない。

だから新妻からの訴えに、エルネストは怪訝そうに眉根を寄せて首を捻る。

「なぜだ？」

なぜだ、と言われて、エノーラは助けを求めるように周囲に視線を送ったが、執事長のランセルも、メイド長のクララもサッと目を逸らしてそそくさとどこかへ消えてしまった。

薄情者である。

エノーラはため息をついて、夫を振り返った。

今日こそは、ガツンと言ってやらなくては。

「朝からずっとくっついてばかりじゃないですか……。これでは私は何もできません」

ちなみに、朝からと言っているが、夫婦は同じベッドで眠っているので昨夜からと言ってもいい。さらには、昨日の昼もずっとべったりだったので、ほぼ一日中べったりの状況なのである。

「君は何かする予定でもあるのか？」

「予定というか……本を読んだり、クララさんに刺繍を習ったりしたいと思っていました」

「それは俺の膝の上でもできるだろう？」

「できません！　そんな恥ずかしいこと！」

とんでもないことを言われ、エノーラはすぐさま否定した。

読書はもとより、エルネストの膝の上にのったまま、クララから刺繍を習うなんて、そんな恥ずかしい真似できるわけがない。

「なぜ恥ずかしいんだ？　クララはさっきまでそこにいて、君が俺の膝にのっているのを見ていただろう。今更じゃないか？」

「そういう問題じゃないのです……」

話が通じない。

困ったなとため息をついていると、エルネストがエノーラの腰を両手で掴み、ひょいと膝から下ろしてくれた。

「あ……ありがとうございます」

意外とあっさり願いを聞いてくれたことに驚いて、エノーラが目を瞬いていると、エルネストは肩を竦めた。

「まあ、俺は君の行動を制限したいわけではないしな。ただ君が可愛くて、離れがたかっただけだ」

そう言われると、なんだか自分が彼の気持ちを無下にしたような気になってしまい、エノーラは慌ててブンブンと首を横に振った。

「わ、私も、行動を制限されたとは思っていませんよ！　私だって、エルネスト様とくっついているのは大好きですから！」

ただちょっと、頻度が高すぎる気がしていただけだ。

どちらかといえば、エノーラが気になっていたのは周囲の視線だった。

想いを交わし合ってからというもの、エルネストはエノーラへの愛情をまったく隠さなくなった。それまでは「保護者なのだから」という自戒から、エノーラに接近するのを自制していたらしいのだ。自分でつけたその鎖を解いてからは、まるで箍《たが》が外れたかのようにエノーラを溺愛するようになってしまったため、屋敷の使用人たちから生ぬるい眼差しを向けられているのである。

エノーラは、自分のせいでエルネストが変な目で見られるのが嫌なのだ。

「あの……その、あまりにくっつきすぎていると、お屋敷の皆さんが呆れてしまいます」

くっつきたいのはやまやまだが、少し自重しよう、と提案しようと思ったのに、エルネストは平然と言った。

「俺は別に呆れられても構わんが」

「えっ！」

エノーラが驚くと、エルネストの方が不可解という顔になる。

「そもそもうちの使用人たちは、〝俺に伴侶を持て〟だの〝世継ぎを早く〟とずっと口うるさく言ってきた奴らだぞ。ようやく伴侶を得て、その夫婦仲が良好なのに、喜びこそすれ、呆れるやつなど誰もいないと思うが……」

「で、ですが、私がエルネスト様の膝にのっていると、みなさん〝やれやれ〟という顔をされるから……」

するとエルネストは目を逸らして「あー」と呻き声を出す。

「それは、あれだ。俺が先週、君が起き上がれなくなるまで抱き潰したから……」

「……！」

言われて、エノーラはカッと頬を染めた。

確かに先週、エルネストに何度も挑まれて、翌日は足腰が立たなくなって一日中ベッドで過ごしたことがあった。クララが心配するあまり医者を呼んだりと、それなりの騒ぎになったのだ。

「あの時、君との体格差を考えろと皆からこっ酷《ぴど》く叱られたんだ……。だから、使用人たちの呆れた目は、君に向けられたものじゃなく、俺に向けられたものだ。安心しろ」

コホンと咳払いをして言うエルネストに、エノーラは違うと首を横に振った。

「わ、私に呆れているのなら構いません！　私が嫌なのは、エルネスト様がそんなふうに思われることなんです！」

エノーラの言葉に、エルネストはクスリと笑って、再びエノーラを膝の上に抱え上げた。

「きゃっ……もう！　どうして！」

せっかく下ろしてくれたのに、と訴えると、エルネストは笑いながら抱きしめてくる。

「だって君が膝から下りたかったのは、皆から呆れた目を向けられたくないからなんだろう？　今ここには誰もいない。二人きりだ。つまり呆れた目を向ける人間はいないってことだ。だったら、君を抱きしめていても構わないはずだろう」

見事な論破に、エノーラは噴き出してしまった。

「ふふふ、本当に、困った人ですね！」

「そうだ。人嫌いの俺を、ここまでのめり込ませてしまったんだ。末長く、責任をとってくれ」

あとがき

この本を手に取ってくださってありがとうございます。

今作は、「妖精が人間に恋をしたら？」という発想から生まれた物語です。世の常識を知らない娘が、男性に恋をして人の世に出ていく、という意味では、人魚姫のお話にも似ているでしょうか。妖精の恋がどういう結末を迎えるのか、楽しんでくださると嬉しいです。

今回、私が大変遅筆なために、関係者の皆様に大変ご迷惑をおかけしました。にもかかわらず、華麗なイラストを描き上げてくださった氷堂《ひどう》れん先生には、感謝の言葉しかございません。氷堂先生、愛らしいエノーラと凛々しいエルネストを、本当にありがとうございました！

そして毎回お世話になっております、担当編集者様。多大なご迷惑をおかけして、本当に申し訳ございませんでした。

この本を世に出すために、尽力くださったすべての皆様に感謝申し上げます。

そして最後まで読んでくださった読者の皆様に、愛と感謝を込めて。

春日部《かすかべ》こみと

Sonya
ソーニャ文庫

この本を読んでのご意見・ご感想をお待ちしております。

◆ あて先 ◆

〒101-0051
東京都千代田区神田神保町2-4-7 久月神田ビル
㈱イースト・プレス　ソーニャ文庫編集部
春日部こみと先生／氷堂れん先生

人嫌《ひとぎら》い王子《おうじ》が溺愛《できあい》するのは私《わたし》だけみたいです？

2024年2月9日　第1刷発行

著　　者　春日部《かすかべ》こみと
イラスト　氷堂《ひどう》れん
装　　丁　imagejack.inc
発 行 人　永田和泉
発 行 所　株式会社イースト・プレス
〒101－0051
東京都千代田区神田神保町2－4－7 久月神田ビル
TEL 03－5213－4700　　FAX 03－5213－4701
印 刷 所　中央精版印刷株式会社

ISBN 978-4-7816-9764-2

Sonya ソーニャ文庫の本

『この結婚は間違いでした』春日部こみと

イラスト 岩崎陽子